아무것도 아닌 기분

아무것도 _____ 아닌

기
분 ———— ₀

이 현 경 지 음

아무도 알아주지 않을 때
나를 찾아온 문장들

니들북

"우리는 모두

인정받고 사랑받고 싶은

어린아이다."

1996년 입사해 오랫동안 한 부서에서 일해 오다 갑작스러운 부서 이동 통보를 받았다. 열심히 해도 뜻대로 풀리지 않던 인생에서 유일한 운은 아나운서 시험 합격이었다. 하지만 그 후에도 만년 2진을 벗어나기 힘들었고, 임신도 결혼 생활도 그리 녹록지 않았다. 그럼에도 내 한계와 때로는 싸우고, 인정하고, 달래가며 매일의 루틴을 지키며 살았는데……. 갑자기 그 모든 게 의미 없게 느껴졌다. 회사에서도, 가정에서도 나는 그동안 무엇이었을까.

직장 상사 중 한 분이 프로그램을 하면서 만난 사주 역학의 일인자에게 배웠다며 내 생년월일시를 물어본 적이 있다.

"보석으로 태어나긴 했는데, 다이아몬드가 아니라 다이아몬드 주변에 박혀 있는 장식이네."

그분 이야기는 내 사주가 번쩍번쩍 화려하게 캐럿에 따라 몸값을 드높이는 다이아몬드가 아니라, 일명 '쓰부다이아'라고 불리는 '멜리 다이아몬드'라는 거였다. 가운데 영롱히 박혀 있는 '메인 스톤'이 아닌, 주인공을 화려하게 받쳐주는 수많은 작은 돌 중 하나라는 말씀이었다. 가짜 다이아몬드인 '큐빅'과 가격 면에서 별 차이가 없다는 '쓰부다이아'는 크기가 작고 값어치가 나가지 않아 굳이 감정서도 필요 없다. 그래서 세는 단위도 캐럿, 몇 부가 아닌 몇 알 같은 개수로 센다고 한다. 애초에 요란하게 앞으로 나서는 걸 선호하는 편은 아니었지만 그래도 나는 나만의 반짝거림이 있을 거라 믿었기에 그 얘기를 들으며 표정 관리하기가 쉽지 않았다.

한때는 겨드랑이에 간질간질 날개가 돋아 날아오를 것

만 같던 시절도 있었다. 그리고 그렇게 훨훨 날다가 곤두박질치던 때도 있었다. 추락하는 자존감은 바닥 깊은 줄 몰랐고, 누구의 눈에도 띄지 않게 된 존재감은 발 없는 유령처럼 정처 없이 부유했다.

이 책은 소모적인 직장 생활과 내 마음 같지 않은 가정생활에서 나를 잃지 않고, 내가 나를 놓아버리지 않았으면 하는 마음에서 쓰기 시작했다. 흔들리는 나를 순간순간 붙잡아주었던 책과 사람들, 그리고 나에 대한 이야기다. 직장 상사나 선후배, 동료, 가족 중 아무도 알아주는 이가 없더라도 나는 있는 그대로 존재하고 있다. 내가 나를 알아주면 무너지지 않을 거라고 믿는다.

부침도 잦고 크고 작은 굴곡도 있지만 물은 결국 상류에서 중류로 그리고 마침내 하류로 천천히 흐른다. 이는 자연스러운 이치다. 인생이 그런 이치에 맞게 흘러가고 있다면 우리는 분명 잘 살고 있는 것이다.

이현경

Part 4

나는 누가 뭐래도 내 편

Part 5

Part 1.

저는

존재감 없는

사람이었네요

가장
들고
싶은
말

12월 31일에서 겨우 하루가 지나는 것뿐인데 1월 1일로
넘어가는 새벽이 올 때쯤이면 여기저기서 불면의 밤을 보
내고 각자의 방식으로 각자의 자리에서 떠오르는 해를 기
다린다. 어떤 이들은 기차를 타고 밤을 달려 바다로, 어떤
이들은 일찌감치 꽁꽁 싸매고 산으로, 또 어떤 이들은 따뜻
한 커피 한잔을 손에 들고 아파트 창 너머로 해가 떠오르기

를 기다렸다가 가만히 해묵은 소원을 빈다.

과연 올해는 정말 소원이 이뤄지려나? 궁금한 마음에 새해에 성행하는 이야기가 바로 운수에 관한 것이다. 올해는 무슨 해이며, 무슨 띠의 동물은 어떤 성질을 지녔고, '목, 화, 토, 금, 수' 중 무슨 기운이 강하니 이러이러한 한 해가 될 것이다 같은, 그럴 수도 있고 아닐 수도 있는 뜬구름 같은 이야기지만 대체로는 희망찬 예언들이라 듣다 보면 괜히 올해는 좋은 일이 생길 것만 같은 기대에 부푼다. 바로 어제였던 작년과는 뭔가 다를 것이라는 막연한 환상에 불현듯 가슴팍이 벅차오르는 것이다.

이렇게 한 해의 전반적인 운수 이야기에 빠져들다 보면 종착지는 결국 나의 사주가 된다. 심심풀이로 보는 온라인 무료 사주풀이는 애교고, '어디에 있는 사주카페가 용하더라', '내 친구의 친구의 아는 언니는 신점을 보러 갔는데 보자마자 간이 안 좋다고 해서 병원에 갔더니 암 판정을 받았다더라' 하는 누구나 한번쯤 들어봄직한 카더라 통신에 괜히 마음이 동해서는 사주카페나 철학관, 점집까지 방문한다.

사실 우리가 듣고 싶은 말은 정해져 있다. 외로운 사람은 "넌 이제 곧 짝을 만날 수 있을 거야", 면접이든 필기든

시험을 앞둔 사람은 "시험에 합격할 수 있을 거야" 하는 말. 궁하면 통하고, 묶였던 건 술술 풀리고, 막혔던 일은 뚫리고, 기다리던 소식은 올 거라는, 한마디로 운수 대통한다는 그런 말 한마디를 듣기 위해 우리는 적지 않은 돈을 낸다. 연말 즈음이 되면 또다시 "뭐야, 거기 돌팔이였네!" 할 게 빤하지만 틀렸다고 해서 찾아가 따질 생각은 없다. 대신 또 다른 용한 곳을 찾아보겠지.

이렇게 우리가 생판 모르는 누군가를 굳이 찾아가 돈까지 쥐여주며 듣고 싶은 말의 실상은 무엇일까? 이토록 간절히 듣기를 바라지만 막상 남에게는 잘 하지 못하는 말, 괜한 자존심 때문에 또는 행여 나를 얕잡아 보는 건 아닐까 걱정이 돼서, 쑥스럽고 민망해서 선뜻 내놓기 어려웠던 그 말은 결국 누군가를 알아주고 인정해주는 말이 아닐까?

"다 네 덕분이야. 수고했어."
"말할 기회가 없었는데, 그때 정말 고마웠어."
"이렇게 애쓴 것만으로도 충분해."
"지금 이대로도 너는 여기 꼭 필요한 사람이야."

진심을 담은 이 말들을 들어본 적이 있는 사람들은 안

다. 존재를 인정해주는 말을 듣는 것만으로도 힘들었던 마음이 눈 녹듯 사라지고, 보람과 위안으로 봄날의 햇살이 내리쬐는 느낌을 받는다는 것을.

> 누군가가 괜찮다는 말을 해주는 것만으로도 그렇지 않은 일이 그렇게 느껴질 때가 있다. 그게 위로의 힘이며 그렇기에 사람에게는 사람이 필요하다.(《회사에서 잘리면 지구가 멸망할 줄 알았는데》, 민경주 지음, 홍익출판사, 47쪽)

'그 한마디가 그렇게 어려웠을까.'

누군가를 향했던 생각이 다시 나에게로 향한다. 남에게 듣고 싶은 말은 나도 잘 하지 못하는 말이기도 하니까. 그래서 올해부터는 내가 듣고 싶은 말을 멀리 모르는 사람한테까지 찾아가 듣는 대신, 가까이 있는 주변 사람들에게 먼저 해주기로 한다. 그 말이 결국 메아리가 되어 나에게 돌아오길 기대하면서.

저는 존재감 없는 사람이었네요

어느 날 회사에 흉흉한 소문이 돌기 시작했다. 투자비용이 많이 드는 신입사원을 뽑는 대신 몇몇을 타 부서에서 전직 시키는 게 어떠냐는 가히 혁신적인(?) 아이디어가 나왔단 다. 소문은 현실이 됐고, 아나운서 팀에서는 겉돌고 있는 내가 그 대상이 됐다. 당시 팀장님이 나를 조용히 불러 미리 귀띔해주셨다.

"내일 발표 날 거야."

사실상 통보였다. 하늘이 무너지는 것 같았다.

"저는 우리 부서에서 존재감 없는 사람이었네요."

'왜 하필 나일까? 아나운서 팀에서 난 없어도 되는 사람이라는 건가?', '입사한 뒤로 열심히 앞만 보며 달려왔는데 어디서부터 잘못된 거지?' 수많은 생각이 머릿속을 가득 채웠다.

혼자 씩씩하게 잘 다니는 나를 선배들은 '독립군'이라고 불렀다. 하지만 나는 속으로는 많이 외로웠고 함께 밥 먹을 사람이 고팠다. 지금 생각해보면 선배들도 내가 좀 더 마음을 열고 다가와주기를 바라며 안타까운 마음으로 기다렸는지도 모르겠다. 하지만 난 어리석게도 약점을 숨겨야 살아남는다고 생각했고, 왕따를 자처했다. 그랬던 바보 같은 내 모습이 주마등처럼 스치며 후회의 먹구름이 잔뜩 몰려들었다.

속 모르는 사람들은 "피디 된다며, 그게 더 좋은 거 아니야?", "진짜 싫은 거 맞아?" 했고, 정말 내심 부러워하는 사람도 있었다. 심지어 남편조차 "회사에서 시키면 어쩔 수 없지" 하고 시큰둥하게 반응했다. 물론 그게 더 좋은 사람도 있을 것이다. 하지만 나는 아나운서로서 여러 프로그램들을 두루두루 경험하고 싶은 제너럴리스트지, 프로그램을 직접 제작하고 운용하는 스페셜리스트가 아니었다. 이런 내 마음을 아는 사람은 오직 나뿐이었다.

어디서 그런 용기가 났는지 지금 생각해도 모르겠다. 다음 날 아침 일찍 떨리는 마음으로 사장실을 찾았다. 처음 가본 높은 층이었다. 데스크에 앉아 있는 담당 비서에게 사장님을 만나 뵙고 싶다고 이야기하니 잠시 기다리라고 했다. 그 시간이 어찌나 길게 느껴지던지. 드디어 사장님과의 독대 시간. 사장님과 이야기를 나눠보니 내가 알고 있던 사실과 조금 달랐다. 직접 인선하셨다는 전언과 달리 사장님은 전후 사정을 아직 잘 모르셨다. 내친김에 내가 왜 부서 이동을 하면 안 되는지 사정을 털어놓았다.

"사실 제가 결혼 10년 만에 힘들게 아이를 가졌고, 지금 임신 초기입니다. 그러니 이번 한 번만 유예해주시면 안 될까요?"

그러자 사장님은 어디론가 전화를 거시고는 알겠다며 나를 안심시켜서 내려보내셨다. 여러 과정을 거치긴 했지만 아이 덕분에 나는 원래 있던 자리에 간신히 남을 수 있었다.

하지만 그 일로 너무 신경 쓰고 무리해서인지 아이는

10주를 버티지 못하고 하늘나라로 가버렸다. 오랜 시간 기다려 온 아이를 심장소리 한번 들어보지 못하고 보내야 하는 마음이 서러워 병원이 떠나가라 엉엉 울었다. 맞다, 그랬지. 불행한 일은 꼭 이렇게 한꺼번에 찾아왔지.

너덜너덜해진 몸과 마음을 추스르기도 전에 이상한 얘기가 들려왔다. 내가 전직이 싫어 임신한 척을 하다가 나중에는 유산했다고 거짓말을 했다는 것이다. 유산 휴가를 쓰기 위해 엄연히 회사에 증빙서류까지 제출했음에도 나는 누군가의 술자리에서 영악한 악역이자, 맛난 안주거리가 되어버렸다. 쏟아지는 관심은 부담스럽고, 나를 위한 조언조차 아프고 힘겨웠던 시기에 잘 모르는 사람들의 이러쿵저러쿵 하는 말들은 화살이 되어 심장에 꽂혔다.

진정한 소속감은 자기 자신을 굳게 믿고 자기 자신에게 속함으로써 가장 진실한 자기 자신을 세상과 함께 나눌 수 있고 무언가의 일부가 되는 동시에 황야에 홀로 서는 것에서 성스러움을 찾을 수 있는 정신적 체험이다. 진정한 소속감은 진정한 자기 자신을 '바꾸길' 요구하지 않는다. 그저 진정한 자기 자신이 '되길' 요구한다.(《진정한 나로 살아갈 용기》, 브레네 브라운 지음, 이은경 옮김, 북라이프, 212쪽)

그 후로 각고의 노력 끝에 4년 만에 다시 아이를 낳았다. 그렇게 힘들었던 사람들과의 소통도 엄마가 되면서 가정의 안정을 회복하니 엄마의 마음으로 이해할 수 있게 되는 듯했다. 물론 세월 덕분이기도 하다.

어차피 굴곡진 인생에서 나만 믿고 세상에 당당하면 되는 거였는데 작은 티끌 하나 숨긴다고 나는 참 오래도 스스로 고립해 있었다. 그렇게 내가 먼저 세상과 단절해놓고는 괜히 쓸쓸해했다. 나에게도 세상에게도 당당하지 못했기에 온전히 속하지 못하고 정처 없이 떠돌았다. 《진정한 나로 살아갈 용기》의 작가 브레네 브라운은 이렇게 결론 내린다.

어디에도, 그 어디에도 속하지 않았다고 깨달을 때 비로소 자유로워집니다. 그럴 때 어디에나 속한다고 느끼죠. 비싼 값을 치러야 하지만 커다란 보상을 얻게 됩니다.(219쪽)

나는 이 말을 나 또한 온전한 세상이기에, 내 의지에 따라 그곳에 속할 수도 있고 그렇지 아니할 수도 있으며, 비록 나 홀로 서 있어도 초연하니 두렵지 않다는 뜻으로 알아듣고 마음에 새겼다. 내 지금 삶의 화두가 '존재감'이라면 이 작가의 오랜 고민은 '소속감'이었고, 이 둘의 해결방법은 그리 동떨어져 있지 않았다.

그건 다름 아닌 의연해지는 것이다.

나는 안다

몰라도

다른 사람은

못생긴 오른쪽 엄지발톱에 감동받은 적이 있다. 어느 날 아이와 놀면서 무슨 대결을 하다가 그만 발톱이 빠져버렸다. 완전히 젖혀져 버린 엄지발톱을 참사 직후 억지로 꽁꽁 싸맸다. 그 덕에 임시방편으로나마 피와 진물이 엉겨 붙은 발톱이 연한 살 위에 얹혔다.

그런데 글쎄 그 발톱이 제 몸뚱이는 죽은 보라색이 됐

는데도 기어이 살점을 파고들어 자리를 잡고 심지어 자라기까지 하는 게 아닌가. 병원을 찾아 의사에게 보이니 억지로라도 붙들어놓을 판에 다시 붙은 것 같으니 참 다행이라고 했다. 나는 행여 발톱이 다시 빠질세라 할 수 있는 한 최선을 다해 발톱을 아주 섬세하고 조심스럽게 대했다. 발을 닦을 때는 물론이고, 양말을 신거나 벗을 때도, 걸을 때도 자연히 엄지발톱을 의식하게 됐다. 특히 발톱을 깎을 때는 고도의 집중력과 섬세함을 요했다.

그렇게 몇 달이 지났을까. 잠을 자다가 문득 싸한 느낌이 들었다. 일어나 발을 보니 수면양말 안쪽으로 무언가가 덜렁거리고 있었다. '드디어 올 것이 온 건가.' 불안과 체념이 뒤섞인 마음으로 양말을 조심스레 벗겨냈다. 불안은 현실이 됐다. 그토록 악착같이 달라붙어 있던 엄지발톱이 떨어져버린 것이다. 아프지는 않았지만 뚜껑이 사라져버렸으니 큰일이었다. 그런데 이럴 수가! 엄지발톱이 떨어져나간 자리에 어느새 아기 발톱이 3분의 1만큼 자라 있었다.

몸의 가장 낮은 곳에서 관심 한번 못 받던 놈이, 푸르죽죽하고 우툴두툴하고 흉물스러운 케라틴 껍데기가, 군소리 없이 제 주인도 모르게 끝까지 맡은 바 소임을 다한 것이다. 이 묵묵하게 제 책임 다한 녀석을 보관함이라도 만들어 기념할까 하다가 그렇게까지 하기에는 격에 맞지 않는 것 같아 휴지에 돌돌 말아 서랍 속에 넣어두었다. 녀석도 그런 대접은 받아본 적이 없어 무척 낯설 것이다.

엄지발톱을 보니 문득 회사에서 두 번의 전직 위기를 겪고도 끝까지 버텨낸 내 모습과 겹쳤다. 한낱 작은 것에도 깃들였던 시간을 잊지 말아야겠다.

"그래 고생했다. 이제는 서랍 안에서 푹 쉬렴."

안녕, 피겨 스케이팅

16년 동안 해오던 스포츠 중계와 11년 동안 해오던 피겨 스케이팅 중계를 자의 반 타의 반으로 놓게 되었다. 두 번의 하계 올림픽과 두 번의 동계 올림픽을 경험한 유일한 홍일점 지상파 중계 아나운서라는 혼자만의 자부심이 있었지만 금녀의 벽을 깨기에는 역부족이었다.

특히 피겨 스케이팅에서는 늘 이른바 '2진'이었다. 매해

10월부터 다음 해 3월까지 거의 매 주말 그랑프리, 그랑프리 파이널, 사대륙과 세계 선수권 대회를 담당하느라 밤을 새우다시피 했지만 올림픽에는 가지 못했다. 국내에서 열려 당연히 '1진'과 함께 갈 줄 알았던 평창 동계 올림픽도 UHD 중계를 따로 해야 한다는 이유로 목동에서 화면을 보며 마치 현장인 것처럼 방송할 수밖에 없었다. 그나마도 지상파와 UHD를 굳이 따로 중계할 필요가 있겠느냐는 갑작스러운 논의에 경기 바로 전날 내가 준비하던 UHD 중계는 취소됐다. 나로서는 꽤나 열심히 중계 준비를 했는데 어쩔 수 없는 상황이었고, 조직의 일원으로서 조용히 결정을 받아들여야만 했다. 그래도 선수들의 활약에 같이 손뼉 치고 기뻐할 수 있어 위안이 됐다.

스포츠의 '스' 자도 모르던 나는 스포츠를 글로 배웠다. 그래도 이번에는 동계 올림픽을 유치한 나라의 경기를 중계하는 아나운서로서 직접 피겨 스케이팅을 배워보겠노라 단단히 마음먹고 수업까지 신청했었다. 취미로 피겨 스케이팅을 배우는 20~30대 여성들 사이에서 40대인 나는 어쩌면 당연하게도 가장 진도가 느렸으며, 눈에 띄게 조심스러웠다. 그렇게 조심을 한다고 했는데도 '철퍼덕' 소리가 아이스링크를 찌렁찌렁 울릴 정도로 심하게 넘어져 한

동안 물리치료를 받아야 했다. 만에 하나 빙판 위에서 중계 오프닝을 하게 되지는 않을까 하는 혼자만의 꿈을 꾸며 했던 준비였다. 하지만 그건 그야말로 하룻밤 꿈이 됐고, 이젠 그만 꿈에서 깨야 할 시간이었다.

사실은 오래전부터 알고 있었는지도 모르겠다. 인정하고 싶지 않았을 뿐. 오랫동안 해오던 일이었기에 후배들에게 배턴을 물려줄 시간이 가까이 오고 있다는 촉을 느끼고는 있었다. 그래서 나름대로 자료를 정리해 두기도 했다. 내가 맨땅에 헤딩하듯 깨지고 부딪히며 익힌 것들을 후배들은 조금이나마 덜 수고롭게 가져갈 수 있길 바랐다. 하지만 그 시간은 예상보다 일찍 찾아왔다. 올림픽 이후 한 시즌을 마치고 초여름 아이스쇼를 끝으로 쫓겨나듯 중계를 그만두게 됐다.

마지막 중계 날 방상아 해설위원이 개인적으로 준비해준 케이크와 꽃다발이 아니었다면, 그간의 내 노력이, 중계에 바친 세월이 아무것도 아니었던 것처럼 먼지가 돼 흩어져버린 듯한 허망한 마음을 견딜 수 없었을 것이다.

내가 그렇게 늘 2진에 머물렀던 것, 주말마다 바짓가랑이를 붙잡는 아이를 떼놓고 나가느라 눈물을 삼켰어야 했지만 올림픽에서 배제됐던 이유는 모두 나의 부족함 때문이었을 것이다. 그래서 다른 누구를 탓할 수도 없다. 내 입으로 꺼내기엔 아플 수밖에 없는 이야기다.

그로부터 몇 달 뒤, 마음을 추스르고 새로 맡은 낭독 팟캐스트 〈당신의 서재〉를 다시금 의욕적으로 시작할 준비를 하고 있었다. 그러던 중 매년 상반기에 하는 상사와의 면담이 이루어졌다.

"열심히 하는 거 알아. 그런데 위에서 보기에는 뚜렷한 특징이나 눈에 띄는 점이 없어. 이제 50대 되면 확 꺾어질 텐데 그전에 막판 피치를 올려서 확실한 존재감을 한번 보여주라고. 내 말 무슨 말인지 알겠지?"

상사 입장에서 할 수 있는 아낌없는 충고이자 독려였다. 하지만 새 풍선에 겨우겨우 열의를 욱여넣어 가까스로 팽팽하게 채웠던 나는 매듭을 묶기도 전에 놓쳐서 바람이 다 빠져버린 풍선처럼 쭈글쭈글해졌다.

번쩍번쩍 눈에 띄지는 않아도 영롱한 밤하늘에 은은하게 떠 있는 별 정도는 되길 바랐는데, 요란하지는 않아도 은근하기를 원했는데, 나는 가만가만 다니다 툭 넘어지는 종이인형이었고, 조용조용 다니다 스윽 사라지는 유령이었던 모양이다.

자존감과 달리 존재감은 내가 스스로 깨닫기 전에 어쩔 수 없이 남들로부터 평가되고 규정된다. 사람들 사이에서의 나의 입지 같은 것이기 때문이다. 그렇다면 관계의 문제일 수도 있겠으나 또 그것만은 아니다. 존재감이 없다는 건 좋은 관계, 나쁜 관계를 떠나 아무 관계 없음에 가깝다.

난 그저 말 한마디면 족한데, 그저 수고했다는 말이면 되는데. 알아주고 인정해주는 그 말 한마디가 고프고 앙금으로 남아, 글까지 쓰기 시작하다니 나도 참 뒤끝이 긴 사람이다.

그
게

너
의

한
계
야

"그게 네 중계의 한계야."

한 캐스터 선배가 내게 한 애정 어린 조언이다. 나는 매일 비슷한 시간대에 출근을 한다. 그리고 늘 회사 주차장의 같은 자리에 주차를 한다. 일정한 시간이 되면 사내 피트니스센터에 가서 운동을 하고, 역시 정해진 시간에 라디오 스튜디오에서 방송 녹음을 한다. 나만의 규칙이다. 그런데 선배는 바로 그 '규칙성'이 나의 한계라고 했다.

선배에게는 늘 같은 층, 같은 자리에 주차하는 내가 모험이나 시도를 두려워하는 소심함과 안전제일주의로 비친 모양이다. 기억력이 좋지 않아 지하 2층과 3층을 번갈아 몇 번 헤맨 끝에 찾아낸 묘수였는데 말이다. 늘 같은 시간에 뻔히 예상되는 공간에 있는 것도 선배에게는 답답하고 단조롭게 사는 걸로 보였던 게 분명하다. 사실 얼마 없는 에너지로 많은 일을 하려니 이미 짜놓은 시간표대로 움직임으로써 체력 소모를 줄이려 한 것인데 말이다. 이 모든 게 시행착오 끝에 얻은 최적의 결과였다는 걸 재기발랄한 사람들은 알 턱이 없다.

내키면 밤도 새우고, 기분에 따라 약간의 일탈도 두려워하지 않는 사람들은 아마도 그만큼 삶이 다채로울 것이다. 언제나 이야깃거리도 풍성하고, 그런 자유분방함이 방송에도 그대로 녹아들어 예기치 않은 상황에서 맛깔 난 양념을 만들어낼 것이다. 더군다나 그 방송이 각본 없는 드라마라 불리는 스포츠 중계라면, 갖가지 명언과 어록도 의도치 않게 만들어낼 수 있을 것이다.

의외성이 없으면 재미도 없다는 선배의 말은 맞다. 그 말까지 듣고 나니 늘 변함없이 일정한 나 자신이 절로 더

욱 아둔하고 미련하게 느껴졌다. 하지만 어쩌랴. 나 같은
사람의 최고 성과는 '뚜벅뚜벅'이고, 최선의 결과는 '꾸역
꾸역'인 것을.

> 출근은 직장인의 대표적인 루틴입니다. 출근 후에
> 차를 한잔 마시거나, 화분에 물을 주는 등의 행동으
> 로 하루를 시작해보세요. 그 다음 책상 앞에 앉아서
> 오늘과 이번 주에 할 일이 무엇인지 쭉 살펴보고, 이
> 번 달에 처리해야 할 업무 리스트를 검토한 다음 하
> 루의 업무를 시작해보는 겁니다. (《직장인의 바른 습관》, 문성
> 후 지음, 이지퍼블리싱, 22쪽)

피겨 스케이팅에서도 주목을 받는 선수는 단연 어려운
점프를 자유자재로 구사하는 선수들이다. 고난도의 3, 4회
전 점프를 성공시키면 지켜보는 사람들의 탄성을 자아내
고 고득점도 노릴 수 있다. 하지만 선수들에게 기본적으로
요구되는 사항은 이른바 '컨시consistency'라고 하는 '일관
성'이다. 미리 연습한 프로그램대로 실수 없이 해내는 것,
그렇게 '이 선수는 최소한 이 정도는 할 수 있다'라는 기대
에 어긋나지 않는 것, 채점하는 심판들에게나 지켜보는 관

중에게 적어도 이 정도의 점수는 나올 선수임을 끊임없이 입증해내는 것이다.

'일관성'이라고 하면 평창 동계 올림픽 피겨 스케이팅 여자 싱글에서 7위를 차지한 최다빈 선수가 떠오른다. 올림픽에서 10등 안에 들었다는 건 김연아 선수 이후 최고 성적이다. 하지만 그보다 더 놀라운 성과는, 올림픽 직전 열린 세계 선수권 대회에서 기록한 10위라는 순위다. 세계 선수권 대회에서 10위 안에 들면 올림픽 티켓이 두 장이 된다. 그건 바로 피겨 스케이팅에 있어 선수층이 얇은 우리나라에서 최다빈 선수 말고도 또 한 명의 선수가 평생에 한 번 나갈까 말까 한 올림픽 무대에 설 수 있게 된다는 뜻이다. 그것도 자신의 나라에서 열리는 동계 올림픽에서.

경기 전까지만 해도 최다빈 선수의 예상 순위는 딱 11위 정도였다. 11위를 해도 여자 싱글 종목에서 최소한 우리나라 선수 한 명은 올림픽 무대에 설 수 있었기 때문에 무거운 분위기는 아니었다. 생중계를 하며 이왕이면 좋은 결과를 내길 바라면서도 섣불리 기대할 수는 없는 상황이었다. 그런데 최다빈 선수는 예상한 만큼 잘해냈고, 막판에 최상위권 선수의 어이없는 실수가 더해져 그토록 바라던 10위 성적을 얻게 됐다. 그 대회에서 누가 1위를 했는지는 중요하지 않았다. 사실 기억도 나지 않는다. 기쁨에 겨워 끝인사를 하자마자 방상아 해설위원과 하이파이브를 하며 열렬히 물개박수를 쳤고, 그 모습이 그대로 전파를 탔다.

그 꼭두새벽에 환호성을 불러일으킨 최다빈 선수의 별명은 '피겨 천재'가 아니라 '믿고 보는'이다. 점프가 탄탄한 최다빈 선수는 좀처럼 넘어지지 않는다. 다만 수줍은 성격 때문에 늘 기술 점수에 비해 구성 점수가 아쉬웠다. 그런데 이번에는 시즌 중에 프로그램을 바꾸는 결단을 내렸다. 제 몸에 꼭 맞는 옷을 입더니 점점 퍼포먼스가 과감해졌다. 그리고는 마침내 큰일을 해냈다.

최다빈 선수처럼 꾸준한 결과를 내는 선수들은 예기치 않은 실수도 없고, 설령 조금의 실수를 했다고 해도 경기 도중에 지레 포기하는 법이 없기에 응원하는 사람으로서 심장이나 복장이 터질 일이 없다. 순위를 다투는 경기이니 보는 사람 입장에서 긴장감을 완전히 떨칠 수는 없겠지만 한결같은 모습을 보여주기에 어느 정도 안심이 된다. 소위 '컨시'가 확실하기 때문이다.

매일 새벽 일정한 시간에 일어나 일찍 출근해서 정해진 곳에 차를 대고, 커피와 함께 라디오 방송을 시작하는 것,

아침 8시에는 어김없이 사내 피트니스센터에서 운동을 하고 11시쯤이면 책을 낭독하는 것.

"그건 제 한계가 아니라, 나만의 속도와 방향을 잡아주는 루틴이라고요!"

물론 재능에 노력이 더해져 큰 성공을 거둔 최다빈 선수와 시계처럼 똑딱대기만 하는 나를 같이 묶어 비교하는 게 좀 억지스럽긴 하다. 다만 나처럼 비록 탁월하지는 못하더라도 꾸준히 가는 느림보들도 세상이 조금은 믿고 봐줬으면 좋겠다. 얼치기가 일을 낸다는 말도 있지 않나. 지금은 이도 저도 아닌 사람처럼 보이더라도 누가 알겠나. 그 사람이 자신만의 속도로, 자신만의 시간대를 만나 언젠가 기어이 뭔가를 해낼지. 가만히 놔두어도 알아서 하는 사람은 결국 자신의 때를 만날 테니까.

온다

각자의 시간에

전성기는

버락 오바마는 55세에 대통령직에서 물러났고, 도널드 트럼프는 70세에 대통령직을 시작했다. 스티브 잡스는 25세에 CEO가 됐으나 55세에 죽었다. 반면 명배우 변희봉이 뒤안길 같은 연기 인생을 살다 꽃을 피우기 시작한 시기가 50대 후반이었고, 미국 배우 모건 프리먼이 수리공 일을 하다가 영화 〈쇼생크 탈출〉에 출연했을 때가 그의 나이만 57세였다. 뿐만 아니라 인류 과학의 역사를 새로 쓴 찰스 다윈의 책《종의 기원》은 그의 나이 50세에 완성됐다. 김동현 작가의《집만큼 위험한 곳이 없다》라는 책을 읽으며 알게 된 사실이다. 이처럼 각자의 속도로 쉼 없이 나아가다가 마침내 자신만의 시간대를 만난 사람들은 생각보다 훨씬 많다.

언제부턴가 내게 '칸트'라는 별명이 붙었다. 루틴하게 사는 나를, 매일 같은 시간에 산책했던 철학자 칸트에 빗댄 것이다. 허약체질이었던 그는 규칙적인 생활로 건강을 유지했고, 하루도 어김없이 정해진 시간에 산책을 해 사람들이 그의 모습을 보고 시계를 맞췄을 정도라고 한다. 그런 칸트가 3대 비판 철학서로 꼽히는《순수이성비판》을 세상에 내놓았을 때 그의 나이는 57세였다.

> 반복적으로 행동하는 것이 인간이다.
> 그러므로 탁월함은 행동이 아니라 습관이다.
> - 아리스토텔레스

앞서 나열한 사람들 정도의 큰사람이 되려는 꿈까지 꾸는 건 아니지만 나 같은 사람이 기댈 수 있는 말은 '대기만

성'뿐이다. 언젠가 꼭 나의 시절이 오리라는 생각은 조금씩 잦아들고 있다. 하지만 진짜 중요한 건 얼마나 빨리 도달하는가가 아니라 어디에 도달하는가에 있음을 믿는다. 그래서 다만 나의 시절에서 멀어지지 않고 나의 시절에 더 가까이 다가가보려 한다.

루틴이 '성공의 열쇠'로 칭송받은 지는 이미 꽤 오래됐다. 그리고 몇 년 전부터는 '창의성의 핵심 원료'라는 주장도 나왔다. 그 주장이 나는 괜히 반갑다. 소설가 스티븐 킹의 책《유혹하는 글쓰기》를 보면 그는 매일 아침 글을 쓴다. 그에 따르면 창의성을 만들기 위한 일상은 매일 잠자리에 드는 것만큼이나 규칙적인 것이라고 한다. 그러니 글을 잘 쓰고 싶다면 일단 계속 써보라고 조언한다. 일본의 소설가 무라카미 하루키도 장편소설을 쓸 때는 하루 200자 원고지 20매씩을 규칙적으로 쓴다고 한다. 좀 더 쓰고 싶더라도, 잘 써지지 않는다고 해도 어떻게든 딱 20매씩만 쓴다. 기계적이라고까지 해도 무방한 이러한 지속력은 창작 활동을 이어가는 데 있어 부단한 힘이 된다.

내 안에 숨어 있던 창의성을 끄집어내기 위해서는 새로운 경험도 해보고, 미지의 세계로 여행도 떠나보고, 책을 읽으면서도 '도대체 왜?'를 생각해보는 삶도 필요하다. 하지만 기본은 내 일상의 일정하고 안정적인 흐름을 루틴으로 붙들고 있는 것이다. 아이도 부모와의 애착이 탄탄해야 마음 놓고 바깥세상을 탐구할 수 있는 것처럼, 어른들도 단단히 디딜, 믿는 구석이 필요한 법이다. 나는 그 규칙적이고 안정적인 비빌 언덕이 일상의 시작과 끝의 이착륙을 돕고 창의성의 불쏘시개가 되어주리라 생각한다. 그래서 내 인생의 전성기가 올 때까지 믿고 기다려보기로 했다. 나는 아직 백 살까지 반도 못 돌았다. '오늘은 내 남은 인생의 첫날'이니 오늘도 힘을 내보자.

Part 2.

돌부리에 걸려

넘어진

순간들

어떤 오해

누군가는 생애 첫 기억이 네 살 때 아빠의 목말을 타고는 떨어질까 무서워 벌벌 떨던 순간이라고 한다. 따뜻했지만 약간은 좁았던 엄마 배 속을 기억하는 사람도 있다고 하고, 어떤 책을 보니 전생을 기억하는 아프리카 아이들도 있다고 한다. 아름다운 기억들도 많을 텐데 하필 내 생애 첫 기억은 의도치 않게 받았던 오해에 관한 것이었다.

동네 좁은 골목길에서 친구 둘과 재미있게 놀고 있었는데, 남동생이 갑자기 돌을 들고 뛰어 나오는 바람에 분위기를 망쳤다. 황급히 도망치던 두 친구는 안전거리를 확보하자 멀찍이서 뒤를 돌아봤고, 나는 동생이 들고 있던 돌을 빼앗아 옆으로 내던졌다. 나로서는 돌을 던졌으니 이제 안심해도 된다고, 나랑 다시 소꿉놀이를 해도 된다는 나름의 액션이었는데, 친구들에게는 그렇게 보이지 않았나 보다.

"왜 가? 놀자!" 하니 친구들은 뛰어가며 "네가 우리한테 돌 던졌잖아!"라고 했다. 멀어져 가는 친구들의 등을 보며 "아니야, 사실은……" 하고 들리지도 않을 변명을 웅얼거리다가 그나마도 말을 채 끝마치지 못했다.

그게 아니었다고 속 시원히 말했으면 좋았을 텐데 그때 하지 못한 말이 두고두고 마음에 남았는지 살면서 받은 오해에 단 한 번도 대차게 내가 내 편을 들어주거나 나를 변호해주지 못하고 있다. 세상에 믿을 건 나뿐인데 나조차 여태 내 편이 되어주지 못하는 걸 이렇게 첫 기억 탓으로 돌리며 살고 있다.

그런데 오해라는 것이 꼭 나쁜 것만은 아니라는 걸 알

게 된 날도 있었다. 어릴 때는 이사를 참 많이도 다녔다. 단 칸방을 시작으로 우리 가족은 아주 조금씩 공간을 넓혀 나 갔다. 그리고 내가 일곱 살쯤 되었을 무렵에는 아파트라는 곳으로 이사를 했다. 그때는 아파트라는 것보다도 단지 안 에 흙먼지 날리는 공터 대신 높고 커다란 미끄럼틀이 달 린 널찍한 놀이터가 있다는 게 좋았다. 놀이터 바닥은 비 록 비가 오면 발이 푹푹 빠지는 흙이었지만 아이들에게는 그마저도 즐거움이었다. 그런데 어느 날 아파트촌 아이들 이 놀이터에서 둘로 나뉘어 싸움을 벌이고 있는 장면을 보 게 됐다. 어떻게 시작된 싸움인지도 모른 채 나는 미끄럼 틀을 타러 올라갔다.

미끄럼틀 위에는 두 진영 중 한 진영의 베이스캠프가 있었다. 베이스캠프에서는 아래쪽 진영을 향한 전투 준비 가 한창이었다. 긴장이 감도는 가운데 입심 좋은 각 무리 의 대표가 선두에 서서 마치 영화 〈트로이〉의 전투 장면 속 장군들처럼 큰소리로 몇 마디 주고받았다. 이윽고 전투가 시작됐다. 비 온 다음 날이라 아래에 있던 무리가 진흙을 공처럼 동그랗게 뭉쳐 일제히 위로 던졌다. 진흙 공이라면 미끄럼틀 위쪽에도 충분했다. 각 진영에서 미리 만들어놓 은 진흙 공들이 이쪽저쪽 어지럽게 날아다녔다. 아무래도 아래에서 위로 던지는 것보다는 위에서 아래로 던지는 게 수월하다 보니 위쪽이 좀 더 유리한 위치였다.

얼떨결에 전투에 참가하게 된 나는 곁에 있는 친구들이 당하는 걸 보고만 있을 수도 없고, 그렇다고 아래에 있는 친구들에게 차마 진흙 공을 던질 수도 없어 난감했다. 궁여지책으로 주변에 있는 진흙을 그러모아 동그랗게 뭉친 뒤 옆 친구들에게 부지런히 건넸다. 소극적 기여를 택한 것이다. 진흙을 뭉치며 바닥만 보고 있어서 싸움이 어떻게 끝이 났는지, 어느 편이 승리했는지 알 수 없었지만 어쨌든 끝이 났다는 데 안도하며 집으로 돌아왔다. 옷만 보면 나도 다른 아이들 못지않게 엉망이었다.

문제는 다음 날이었다. 혼자 길을 가고 있는데 어제의 전투에서 상대편에 있던 아이들과 맞닥뜨리게 된 것이다. "야, 너!" 한 아이가 야무지게 나를 불러 세웠다. 어정쩡하게 멈춰 서 있는데 옆에 있던 다른 아이가 "괜찮아, 쟤는. 우리한테 안 던졌어. 우리 편이야" 했다. 구석에 숨어 가만가만 움직이던 내 모습을 본 아이가 있었나 보다. 그 친구 덕에 나는 무사히 가던 길을 갈 수 있었다.

살면서 이런 종류의 무수한 오해는 그날의 진흙 공처럼

어지럽게 교차했다. 초등학교 때는 "네가 착해서 좋았는데 알고 보니 아니어서 싫어!", "너 새침데기인 줄 알았는데 알고 보니 털털해서 좋은 애 같아" 또래의 평가는 늘 자기들 입맛대로였다.

중학교 2학년 때까지만 해도 서로 자기 집에서 같이 놀자고 잡아끌던 친구들이, 내가 중학교 3학년이 되면서 공부에만 매진하기 시작하자 일부러 들리게 "재수 없어!"라고 이야기하거나 몰래 의자에 압정을 올려놓는 등의 말도 안 되는 장난으로 나를 괴롭혔다.

고등학교 때도, 대학에 가서도, 사회생활을 하면서도 주변 사람들의 억측과 상상과 재단으로 나는 무수히 이런 사람도 되었다가 저런 사람도 됐다. 심지어 가장 가까이에 있다는 남편의 나에 대한 평가도 언제나 실제 나와는 거리가 있었다.

타인이 내게 내리는 평가에 연연할 것 없습니다. 남이 만들어낸 기준에 나를 구겨 넣을 필요도 없습니다. 기쁜 일에 기뻐할 줄 알고, 슬픈 일에 슬퍼할 줄 알고, 감사함에 웃기도 하고, 눈물짓기도 하고, 지치더라도 주저앉지 않은 당신은 이미 충분히 좋은

사람입니다.(《모든 사람에게 좋은 사람일 필요는 없어》, 김유은 지음, 좋은

북스, 7쪽)

오해라는 것이 때로는 다행스럽거나 분에 넘칠 때도 있
었지만, 대부분은 억울하거나 답답한 것들이었고, 어느 장
단에 맞춰 춤을 춰야 할지 가늠이 되지 않아 괴로웠다. 적
극적인 변명이라도 할 수 있으면 좋으련만 꿍한 성격은 나
에게 아무 도움도 되지 못했다. 해명은커녕 내가 정말 그들
이 말하는 그런 사람은 아닐까 하는 자책과 자아 성찰의 방
안에 나를 가뒀다. 오랜 시간만이 옆에서 묵묵히 견뎌주고,
토닥토닥 달래주고, 내 진심을 알아줬다. 그렇게 세월이 흐
르니 엉킨 실타래가 풀리고 오해가 해결됐다.

그런 지난한 과정 속에서 무수히 속을 끓이며 내가 내
린 결론은 이렇다.

나에 대한 남들의 평가는 언제나 변덕스럽다.

모든 장단에 맞추어 춤을 출 수는 없으니 나는 나만의
스텝으로 가야 한다.

그러다 보면 나만의 춤사위를 인정받는 때가 온다.

인정받지 못하더라도 괜찮다.

내가 나만 믿어준다면.

강하다

있기에

살아

다섯 살 때 엄마로부터 들은 책망의 말이 상처가 되어 정작 자신의 실력을 보여줘야 할 때 주춤거리는 어느 미국 증권가 엘리트 여성. 일곱 살 때 친구들에게 받았던 따돌림이 평생의 트라우마가 되어 아직도 헤어나오지 못하고 있다는 청취자의 새벽 라디오 사연. 그리고 엄마가 학교에 찾아오지 않는다는 이유로 담임 선생님에게 "으이그, 저 사고뭉치"라는 말을 들어야 했던 열 살의 나.

어린아이들은 회복력이 좋다던데 어릴 때 겪었던 어떤 상처는 쉽게 회복이 안 된다. 고통은 어리다고 봐주지 않는다. 오히려 더 가혹하게 몰아쳐 평생 달라붙어서는 두고두고 괴롭힌다.

구구절절 다 적을 수는 없지만 '사고뭉치'라는 말을 시작으로 나이 지긋한 여자 선생님으로부터 지속적인 언어폭력과 정서적 학대가 이어졌다. 그때 받은 스트레스 때문에 나는 30대 중반까지 진통제도 듣지 않는 다발성 두통과 쓴물까지 넘어오는 구토, 귓속에서 일개 대대가 행군을 하는 이명, 누우면 세상이 시계 반대방향으로 도는 어지럼증과 눈이 빠질 것 같은 안통에 시달렸다.

우연히 어느 인터넷 사이트에서 '낙상매'에 대해 알게됐다. 낙상매는 둥지에서 떨어져 상처를 입은 매다. 다른 새끼들과 먹이 경쟁에서 밀리거나 혹은 발을 헛디뎌 둥지에서 떨어진 매는 대부분 죽는다. 하지만 여기서 살아남은 매는 또다시 상처를 받지 않기 위해 더 강해진다. 끈질기고 사나운 성격 탓에 조선시대에는 최고급 사냥매로 귀한대접을 받았다고 한다.

낙상을 당한 어린 매는 아직 눈도 제대로 뜨지 못한 상태였을 것이다. 작고 연약해 보호가 절실할 때 세상은 오히려 가장 잔인하고 혹독했을 것이다. 어미 새가 강하게 키우기 위해 일부러 둥지에서 떨어뜨린다는 설도 있지만, 풀숲으로 떨어진 새끼 매에게도 먹이를 물어다 주는 어미의 모습이 관찰됐다는 자료도 있다. 하지만 어미 새가 낙상한 새끼를 다시 둥지 위로 올려준다는 기록은 보지 못했다. 온갖 포식자들의 위협을 피해 살아남아야 하는 것도, 모진 환경을 누구의 도움도 없이 홀로 견뎌내야 하는 것도 전적으로 아기 새의 몫이다.

낙상매는 한쪽 다리가 약간 짧고 뭉툭해 보통의 매와는 확연히 구별된다. 떨어질 때 충격으로 장애가 생긴 것이지만 더욱 드세고 힘찬 날갯짓으로 날아오른다. 그렇게 되기까지 아기 새가 견딘 시간과 고통을 생각하면 눈물겨우면서도 대견하고 자랑스럽다.

살면서 직면했던 어려움을 떠올려보고, 그것을 어떻게 이겨내고 그를 통해 얼마나 성장했는지 적어보면 어떨까. 당신은 스스로 생각하는 것보다 더 멋지고 강한 사람이라는 걸 깨닫게 될 것이다.(《나는 내가

행복했으면 좋겠어》, 앨릭스 파머 지음, 구세희 옮김, 포레스트북스, 232쪽)

어린 매가 언제 떨어질지 알 수 없는 것처럼 나에게도 언제 어떻게 시련이 닥칠지 예측할 수 없다. 나는 아직 어리고 준비가 안 돼 있으니 조금 더 크고 성숙해진 뒤에 오면 안 되겠느냐고 사정할 수도 없다. 대부분의 고난은 내가 아주 미약하거나 무방비 상태일 때 닥쳐온다. 게다가 그 시련은 가까운 사람으로 인한 경우가 많다. 낙상매가 한 둥지 속 가장 가까운 존재들로부터 치명상을 입듯 말이다.

시련은 미리 각오할 수도 없고 마음을 단단히 먹을 틈도 주지 않은 채 훅 치고 들어온다. '위대하게 사는 게 중요한 것이 아니라 살아내는 것이 위대하다'라는 말이 있다. 가장 약하고 여릴 때 닥친 시련을 어떻게든 견뎌 세상 앞에 멀쩡한 모습으로 살아 있는 것 자체가 대단하다.

우린 모두 지금 여기 있다. 나는 지금 여기서 글을 쓰고 있고, 당신은 지금 거기서 글을 읽고 있다. 우리는 꽤 온전하게 살아 있다. 고난을 진주로 품어낸 우리는 이미 그런 사람들이다.

용기

사과는

살면서 무척이나 억울한 적도 있었고 한없이 미안한 적
도 있었다. 문득 어떤 쪽이 감정의 골이 깊을까, 어떤 쪽
이 그나마 덜 아플까 참 쓸데없고 쓸모없는 비교를 해본
적이 있다.

억울한 마음은 분을 삭이는 것과 비슷하다. 내 안에 들
어가 응어리로 잠기다가 아주 천천히 녹아 내린다. 때로는

매캐하게 오랫동안 태워서 마침내는 재로 남기도 한다. 하지만 미안한 마음은 억지로라도 내 안에 붙잡아둘 수가 없다. 자꾸 목구멍을 긁으며 역류한다. 계속 게워내게 한다.

억울함은 속 쓰림이고 미안함은 구토다. 억울한 건 억지로나마 조금씩 무의식의 심연으로 가라앉힐 수 있는데 미안한 건 불쑥불쑥 의식 위로 떠오른다. 물론 내가 겪은 억울함이라는 게 소송을 불사할 수준까지는 아니었다는 걸 전제로, 나는 미안한 것보다 차라리 억울한 것이 조금 낫더라는 결론을 내렸다. 그래서 나는 결국 미안해질 바에야 억울해지기로 했다.

《감정 존중》에서 노주선 작가도 그랬다. '사과가 훌륭한 이유는 자신의 단점이나 문제를 인정하는 것만으로도 큰 용기이기 때문'이라고. '문제를 해결하고 서로 아픔과 상처를 치유하는 시작이 되기 때문'이라고.

"미안하다고 했잖아. 도대체 언제까지 사과해야 해?", "내가 이렇게까지 하는데 정말 너무한 거 아니야?" 이런 섣부른 사과의 말은 되레 안 하느니만 못하게 되는 경우가 많다. 사과는 곧바로, 진정으로, 잘못한 것보다 더 많이 하고, 종국에는 상대가 용서해야 끝이 난다고 한다. 진심 어린 사과를 상대가 쉽게 받아주지 않는다고 해서 억울해할 것도, 원망스러워할 것도, 분해할 것도 없다.

용기가 없거나 자존심이 허락지 않아 시기를 놓친 묵은 사과가 있다면 망설이지 말고 당장 사과하자. 망설이면 그 망설이는 시간만큼 나를 고통 가운데 두는 것일 뿐이다. 어쩌면 진심을 알아주지 않아서 용서 받지 못해서 더 큰 상처를 떠안게 될지도 모른다. 하지만 그렇지 않을 수도 있다. 진심을 알아주어 용서 받게 될 수도 있다. 사과하지 않으면 용서 받을 기회도 없다. 사과할 기회가 다시 왔음을 다행이라고 여기자.

"나 때문에 많이 힘들었지? 정말 미안해. 늦었지만 이제라도 사과하고 싶어."

지금 지우지 못할 상처를 끌어안고도 남에게 또 다른 생채기를 내고 있다면 이제라도 용기를 내자. 세상에 늦은 사과는 없다.

삶은　삶으로　이어져

이제 와서 하는 고백이지만 아이를 낳고 조리원에 있는 동안 하루 중 가장 싫고 무서웠던 시간이 저녁 7~8시, 청소 시간이었다. 그 시간이 되면 아기들이 모여 있는 방을 소독하느라 아기들을 각자 엄마가 있는 방으로 데려와야 했다. 방 안에는 아기와 나, 단둘이었다.

　　결혼 13년 만에 얻은 그토록 바라던 생명이었고 쳐다보고 있는 것조차 아까울 만큼 소중한데도, 나는 아이와 단둘이 남으면 당최 어찌해야 좋을지 몰랐다. 그 한 시간 동안 엄습해 오는 불안은 감당하기 버거웠고 공포스럽기까지 했다. 비록 찰나의 순간이었지만 두 손이, 아이의 목 쪽으로 다가가려다 멈칫 정신을 차린 적도 있었다. 말로만 듣던 '산후우울증'이었다. 기분은 땅으로 꺼지다가 이내 늪으로 가라앉아 버렸고, 주변 사람들의 별것 아닌 말에도 마음이 요동을 쳤다.

아이를 낳고 얼마 안 돼 아빠가 병원에 입원했다. 아빠는 백혈병이었다. 다른 지병이 있었던 아빠에게서 뒤늦게 발견된 백혈병은 급성으로 이미 온몸에 퍼져 있었다. 면역력이 약한 백혈병 환자들은 '무균실'이라고 해서 분리된 병동에 입원을 한다. 간호사도 간병인도 보호자도 통행이 엄격히 제한되고 출입할 때는 마스크를 꼭 써야 한다.

그러다 보니 입원한 환자의 거동에도 제약이 있었다. 팔다리는 멀쩡한데 마음대로 산책할 수도, 바람을 쬘 수도 없다 보니 아빠는 늘 답답해했다. 시원한 생수도 못 마시고, 달콤한 과일도 못 먹었으며, 모든 음식은 끓여서 멸균 상태로 먹어야 했다. 치료 자체도 힘들었을 텐데 여러 가지로 얼마나 갑갑했을까.

병원 생활 중 아빠는 아이가 됐다. 일광욕을 한다고 창밖을 바라보며 멋진 선글라스를 쓰고 앉아 있기도 하고, 수박과 참외, 시원한 생수가 너무 먹고 싶다고 몰래 사다 달라고 조르기도 하고, 옛날에 먹던 과자가 생각난다며 마스크를 쓴 채 탈출을 시도하기도 했다. 그리고 간병 중에 병이 나 수술을 받고 옆 병동에 입원한 엄마가 불쌍하다며 진짜 아이처럼 꺼이꺼이 소리 내 울었다.

그러면서도 젖먹이 아이를 핑계로 자주 가보지도 못한 불효녀가 아이 키우느라 힘들지는 않을까, 당신 때문에 마음 아프지는 않을까 걱정하며 차도 없는 항암 치료 후유증으로 온몸이 보라색이 된 채 퉁퉁 부어도 불평 한마디 하지 않았다. 백혈구 수혈에 갖은 애를 다 썼지만 상태는 나아지지 않았고, 지푸라기라도 잡는 심정으로 모신 중환자실에서 마지막 말도 남기지 못한 채 아빠는 가족들 곁을 떠났다. 남은 생은 공기 좋은 곳에 집을 지어서 엄마와 행복하게 살고 싶다는 바람으로 버텼던 아빠의 시간은 그렇게 끝이 났고, 내게는 병에 너무 무지했던 건 아닌가 하는 자책만 남았다.

아빠의 갑작스러운 발병과 4개월에 걸친 투병 생활이 덧없이 끝난 지 얼마 지나지 않았을 때였다. 운전을 하는데 갑자기 액셀러레이터를 꾹 밟고 싶은 충동이 느껴졌다.

'발 앞꿈치만 바닥에서 떼지 않으면 늦지 않게 아빠를 따라갈 수 있지 않을까. 주변에 사람이 있어야 행복하신 분이었는데 혼자 가실 그 길 얼마나 외로우실까.'

산후우울증이 채 가시기도 전에 아빠의 갑작스러운 죽음까지 더해지니 나 자신을 제어하기가 힘들었다. 그 순간 아이의 얼굴이 떠오르지 않았다면 갑작스러운 충동이 나를 어떻게 어디까지 부채질했을지 알 수 없다.

'하나의 생명을 주시고는 또 하나의 생명을 빼앗는구나. 나에게 정말 거저 주어지는 것은 없구나.'

본격적인 여름 더위가 시작되기 전에 남편과 함께 엄마를 모시고 아빠에게 다녀왔다. 가족 일에 늘 바쁘다는 핑계를 당당하게 대는 남편도 아빠에게 다녀오는 일정만은 빼놓지 않으려 애쓴다. 그 마음에 대한 고마움으로 남편을 향한 미움도 그 순간 조금 상쇄가 된다.

아빠가 병상에서 그토록 드시고 싶어 했지만 끝내 맛보지 못한 수박, 참외, 생수를 산소 앞에 놓아드렸다. 이럴 줄 알았으면 맛난 음식이나 실컷 사드릴걸. 옆에 꽃도 함께 꽂았다. 근처 꽃집에서 가장 화려한 꽃으로 골라 사온 것이다. 화려하게 눈에 띄는 걸 좋아했던 아빠니까.

일본의 사상가 우치무라 간조는 다음 세대에게 물려줄 최대의 유산이 '용감하고 고상한 생애'라고 했다. 하지만 나는 아빠가 우리에게 남겨준 유산인 '열정적이고 유쾌한 삶'이 좀 더 마음에 든다. 좌중을 열 번 이상은 웃겨야 직성이 풀리고, 구청 소속 시니어 모델에 선발돼 신나게 방송 출연에, 모델 워킹에, 광고 엑스트라로 출연까지 하고, 아이돌 그룹의 멤버 수와 이름을 줄줄이 외우고, 코미디 프로그램에서 나온 최신 유행어를 즐겨 쓰고, 몰랐던 걸 알게 되면 격의 없이 감탄사를 외치던 아빠.

나의 카카오톡 대문 사진은 산후조리원 생활을 마친 아기가 집에서 아빠와 나란히 마주 보며 누워 있는 모습이다. 아기를 흐뭇하게 바라보는 아빠의 옆모습이 한없이 다정하다.

아빠의 죽음을 겪으며 일상이 귀해졌다. 이제 조금 뒤면 해가 떠오를 것이다. 중환자실에서 의식이 사라지기 직전, 아빠가 그토록 보고 싶어 했을 하루의 시작이다. 아빠의 소망까지 담아 하루하루를 소중히 살아내기로 했다. 새벽에 출근하는 나는 오늘도 어김없이, 조금 있으면 회사의 통유리를 한동안 붉게 물들일 하늘을 바라볼 것이다. 그리고 뜨는 해를 잠시 가만히 쳐다볼 것이다. 그리고 생각할 것이다.

'오늘은 또 오늘의 태양이 뜨는구나.'

'소소한 행복을 느낄 수 있는 선물 같은 하루가 또 찾아왔구나.'

'이렇게 살아 숨 쉴 수 있는 하루가 참 소중하구나.'

유통기한
슬픔의

TV 건강 프로그램에서 한의사가 우울증에 대해 이야기하는 걸 들은 적이 있다.

"가슴이 답답하고 알 수 없는 무기력증 때문에 저를 찾아온 환자들 대부분이 5년, 심지어 10년 전 사별을 겪은 분들이었어요."

본인들은 잊었다, 이제는 괜찮다 생각했던 가까운 이의

죽음이 사실은 오랜 세월이 흘러도 괜찮아지지 않았던 것이다. 그래서 알게 됐다. 슬픔은 유통기한이 없다는 것을.

아빠가 돌아가시고 한 달 후쯤 세월호 참사가 있었다. 온 나라가 애통과 비탄에 빠졌다. 현장에서 뉴스를 전하던 기자들도 많이 힘들어했다. 회사에서는 기자들뿐 아니라 다른 사원들 중에서도 원하는 사람은 심리 상담을 받을 수 있게 해주었다. 슬픔에 슬픔이 더해진 나도 망설임 끝에 전화를 걸어 약속을 잡았다. 그렇게 상담을 받기 시작했다.

나도 나지만 집으로 모셔와 함께 살게 된 엄마가 더 걱정이었다. 잘 보이지 않고, 잘 들리지 않는 엄마에게 아빠는 눈과 귀였다. 엄마 같은 사람에게는 오르막보다 내리막 계단이 더 버겁다. 발아래가 잘 보이지 않아 자칫하면 발을 헛디딜 우려가 있고, 그런 까닭에 온 신경을 내려가는 데만 집중하다 보면 어지러워지기까지 한다. 그래서 한쪽 손으로는 난간을 잡고, 나머지 손으로는 아빠의 손을 붙들고 계단을 오르내리던 엄마였다. 지하철을 탈 때는 아빠가 얼른 먼저 지하철에 올라 자리를 맡은 다음 큰소리로 엄마를 부르는 통에 창피해 죽겠다고 타박하기도 했지만 사실 든든했을 것이다. 내성적이고 예민한 성격의 엄마는 아빠 덕에 모임에 나가 친구도 제법 사귀었다. 피곤하다 귀찮다 하면서도 아빠와 단짝처럼 꽃놀이도 다니고 단풍구경도 갔다. 그런 엄마에게 아빠의 죽음은 배우자이자 친구, 든든한 조력자를 한꺼번에 잃은 셈이었다.

상담을 받으면 엄마에게도 도움이 될 만한 이야기를 해 줄 수 있지 않을까 하는 약간의 기대도 있었다. 엄마를 위해서라는 핑계로 결심한 상담은 설문지를 작성하는 것으로 시작됐다. 그리고 곧 '너도 심각해, 지금'이라는 전문가의 진단을 받았다.

그런데 막상 아빠 이야기를 시작하자 상담사가 나보다 더 크게 엉엉 울었다. 당사자인 나보다 더 많이 눈물을 쏟고 더 많이 코를 훌쩍였다. 그런 상담사에게 휴지를 건네주면서 상황이 약간은 코믹하게 느껴졌다. 이후 그 상담사를 꽤 여러 번 더 만났다.

지금은 아빠를 떠나보낸 지 6년이 넘어간다. 이제는 내 안의 커다란 슬픔 덩어리가 아주 조금씩 작은 공간으로 모여들고 있는 것 같다. 엄마의 슬픔도 그러기를 바란다.

당신은 과거가 되었습니다. 그들은 이제 웃을 때마다 미안해하지 않습니다. 그렇다고 해서 슬픔이 끝났다는 뜻은 아니죠. 그건 전혀 아닙니다. 당신이 죽은 지 6년이 되었는지, 어쩌면 7년, 8년, 9년이 되었을지도 모르죠. 하지만 여전히 어떤 날에는 당신이 마치 어제 죽은 것처럼 느껴집니다. (…) 슬픔은 예전과 똑같은 크기로 남아 있으며 없어질 수 없는 상태로 작은 공간에 놓이는 겁니다. 슬픔은 여전히 남습니다.(《죽음의 에티켓》, 롤란트 슐츠 지음, 노선정 옮김, 스노우폭스북스, 232~233쪽)

어쩌다 보니 나처럼 부친상을 당한 몇몇과 함께하는 모임이 생겼다. 최근 신입 회원이 한 명 더 늘어 함께 밥을 먹었다. 웃기도 울기도 하며 여러 감정을 나누었다.

"인디언 속담 중에 '그 사람을 기억하는 사람이 다 세상을 떠나야 그 사람도 떠난다'라는 말이 있대요."
"그럼 우리 아빠들은 아직 우리 곁에 있는 거네."

사람에게는 혼(넋)과 백(몸), 혼백이 있어 몸이 떠나도 오롯한 정신은 남는다고 한다. 비슷한 말로, 육신이 사라져도 영혼은 빛으로, 파동으로 우주에 영원히 존재한다는 이야기도 있다. '인류는 별의 자손이라 별에서 왔다가 별로 간다'라는 SF소설 같은 말도 우리에게는 꽤 위로가 된다. 그래서 모두가 잠든 캄캄한 새벽, 창 너머로 유난히 반짝이는 별이 보이면 저건 아빠 별이 아닐까 하는 생각을 한다. 누구에게나 반짝이는 별일지도 모르지만 어쩐지 지금 마치 나를 위해 반짝이고 있는 것처럼 느껴진다. 아빠가 '나 외로울까 봐, 나 지켜주려고 먼발치에서 별이 되어 반짝이시는구나' 생각하면 고단했던 하루를 훌훌 털고 다시 오늘을 살아낼 힘이 생긴다. 그리고 어제보다 나은 하루가 기다리고 있을 것만 같다. 아빠 덕분에 이렇게 힘을 낼 수 있는 걸 보면 기억하는 한 떠나지 않는다는 인디언 속담이 단순히 위로의 말만은 아닌 듯하다.

아빠가 돌아가신 해의 봄도 여전히 생생하다. 추위가 좀처럼 물러가지 않는 바람에 순차적으로 피어야 하는 목련, 개나리, 진달래, 벚꽃 등이 한꺼번에 만개했다. 지루하리만치 긴 겨울을 겨우 보내놓고 늦게 만난 봄은 그만큼 울긋불긋 화려했다. 매해 봄이면 꽃으로 기억되는 아빠. 지금 이 순간에도 아빠가 무척 보고 싶다. 슬픔이 여전히 남아 있듯 그리움도 그런가 보다.

꿈꿀 수 있다면

이룰 수도

있어

"이런 삽화라면 타자 치는 여급도 그릴 수 있다."

"그림이 신선하지 않고, 기발함이 없다."

"독창성이 없는 그림은 아무짝에도 쓸모없다."《(생각
대로 살지 않으면 사는 대로 생각하게 된다》, 은지성 지음. 황소북스, 216쪽)

지독한 혹평과 함께 그림을 퇴짜 맞기 일쑤였던 이 청

년의 이름은 바로 '월트 디즈니'다. 하지만 디즈니는 좌절하지 않고 작업실로 쓰던 창고에 홀로 앉아 외로이 그림 작업을 이어갔다. 그러던 중 생쥐 한 마리를 보게 된다. 쥐가 돌아다니는 허름한 창고에서 아무도 알아주지 않는 그림을 그리면서도 디즈니는 포기하지 않았다. 그리고 그 생쥐를 모델로 한 캐릭터를 그린다. 그렇게 탄생한 게 우리가 잘 알고 있는 월트 디즈니의 대표 캐릭터 미키 마우스다. 월트 디즈니의 이 일화는 이미 많은 사람들에게 잘 알려져 있다.

미키 마우스를 시작으로 도널드 덕, 구피 등등 오래도록 사랑받고 있는 캐릭터를 그려낸 월트 디즈니는 애니메이션에 그치지 않고, 자신의 딸을 비롯해 많은 아이들이 더 즐겁고 안전하게 놀면서 캐릭터들을 즐길 수 있도록 전 세계 아이들의 꿈과 희망이 된 놀이동산 디즈니랜드를 만들었다.

타고난 감각으로 승승장구했을 것만 같은 그가 젊은 시절 저런 혹평을 들었다니 믿기지 않는 일이다. 만약 그가 그때 그림을 포기했다면 우리는 미키 마우스도, 디즈니랜드도 그리고 요즘 아이들이 가장 좋아하는 엘사와 올라프도 없는 세상을 살고 있을 것이다. 그러니 누군가 꿈에 대해 말할 때 반대나 부정적인 조언, 어쭙잖은 충고는 조심해야겠다.

어떤 꿈의 씨앗들은 미처 싹을 틔우기도 전에 주변 사람들에게 무시를 당하고 수없이 많은 반대에 부딪힌다. 내 꿈도 한때는 그랬다.

"네 목소리로는 안 돼."
"아나운서는 아무나 하니?"
"남들 앞에서 이야기를 잘할 수 있겠어?"

그다지 좋지 않은 목소리의 그냥 아무개였던 나는 대학교 3학년을 마치고 호주로 어학연수를 갔다. 당시만 해도 외국인들은 한국이 어디 있는지도 잘 몰랐다. "한국에서 왔다고? 너네 나라에도 고유의 말과 글자가 있어?"라고 묻는 외국인들을 만나면서 나는 아름다운 우리말을 알리는 일을 하고 싶다는 생각을 했다. 꿈이 생긴 것이다.

어학연수를 마치고 돌아와 우리나라에서 가장 한국어를 잘하는 사람이 누굴까 생각했다. 언어학자, 한국어 강사, 국립국어원 연구원 등등 한국어를 잘하는 각 분야의 사람들이 있었지만 그중에서도 나는 TV에서 또박또박 뉴스를 전하는 아나운서들이 매력적으로 보였다.

요즘이야 아기 때부터 이미 엄마 배 속에서 스마트폰을 장착하고 나온다는 우스갯소리가 있을 정도로 영상매체에 친숙하지만, 내가 어렸을 때만 해도 춤추고 노래하는 사람들이 진짜 TV 속에서 살고 있는 줄 알았을 정도로 TV는 딴 세상이었다. 무심코 '텔레비전에 내가 나왔으면 정말 좋겠네, 정말 좋겠네' 하며 노래를 따라 부른 적도 있지만 내가 진짜 TV에 나올 수 있을 거라는 생각은 해본 적이 없었다. 그런데 갑자기 아나운서가 되겠다니. 가슴 뛰는 꿈을 찾아냈지만 조심스레 꺼내놓은 나의 꿈을 응원해주는 사람은 거의 없었다. 응원 대신 충고라는 이름의 아무 말을 무차별적으로 던졌다.

꿈꾸는 것이 가능하면, 그 꿈을 실현하는 것도 가능하다. 이 모든 것이 작은 생쥐 하나로 시작되었다는 것을 기억하라. 우리의 모든 꿈은 이루어질 것이다. (219쪽)

지금 생각하면 사람들이 비웃은 것도 이해는 간다. 좀 내성적인 아이였어야지. 그런데 무슨 오기였는지 그때는 그런 말들이 귀에 들어오지 않았다. 운명이었던 걸까. 자신 감도 확신도 없이 막막하고 막연했지만 '1년만 노력해보고 안 되면 말지!'라고 결심하고 본격적으로 아나운서 시험, 소위 '언론고시' 준비를 시작했다.

먼저 한 여의도 방송사 문화센터의 아나운서 실습 과정을 등록했다. 실습이라고 해봐야 뉴스 원고를 받아 들고 참새처럼 짹짹거리며 읽는 게 전부였다. 그리고 학교의 학과 건물 게시판에 직접 방을 붙여서 스터디 모임을 꾸렸다. 스터디 모임을 하며 그동안 관심도 없었던 시사 공부에 가열차게 매진했다.

또 하나 준비해야 할 게 다이어트였다. 그간 쌓아놓은 술살과 밥살을 혹독하게 뺐다. 운동도 했지만 식단 관리가 관건이었다. 그렇게 좋아하는 밀가루와 간식을 끊는 게 시사 공부 스트레스보다 심했다. 아나운서 시험을 준비하며 가장 힘들었던 게 바로 외모 관리다. 대학 내내 단과대학 티셔츠만 주구장창 입고 다니고, 정장은커녕 치마도 한번 제대로 입어본 적이 없던 나였다. 하이힐도, 화장하는 법도 몰랐기에 아나운서 시험을 준비하기 전까지만 해도 요즘 말하는 '꾸밈노동'은 애초에 내게 성립조차 되지 않는 말이었다.

1차 카메라 테스트에서 난생처음 하이힐을 신었다. 너무 높아 걸을 때마다 조심조심 뒤뚱거렸고, 행여 높은 굽에서 떨어질까 자연스레 허리와 등이 굽어졌다. 급기야 면접관으로부터 어깨 좀 펴라는 주의를 들었다. 화장은 엄마가 단골인 동네 미용실 원장님께 받았다. 나름대로 예쁘게 해주신다고 눈두덩에 보라색 펄을 잔뜩 발라주었다. 그리고 그날 처음 안경을 벗고 소프트 렌즈를 꼈다. 무식하게 화장품이 잔뜩 묻은 손으로 렌즈를 만진 걸까? 렌즈에 기름기가 묻어 앞이 뿌옇게 흐렸다. 강한 조명에 면접관 얼굴도 잘 보이지 않았다. '차라리 잘됐어. 에라 모르겠다' 하는 심정으로 면접에 임했다. 아나운서 신입사원 연수까지 마친 뒤에야 들은 이야기지만, 뉴스 리딩은 A, 외모 평가는 C였다고 한다. 운이 따라줘 천만다행이었다. 그렇게 나의 직장운은 '합격'까지였다.

어설프게 아나운서라는 타이틀을 거머쥐었지만 방송을 해본 적이 없다 보니 카메라와의 눈 맞춤도 쉽지 않았다. 외모는 여전히 미완성이었고, 예민한 눈은 계속 속을 썩였다. 설상가상 한 선배에게 옮은 눈병 때문에 주말 8시 뉴스도 2년을 채우지 못했다. 아나운서에게 황금시간대인 저녁 8시 뉴스(방송사에 따라서는 9시 뉴스) 진행은 평생에 세

번 올까 말까 한 좋은 기회다. 그 좋은 기회를 그렇게 놓쳐버린 게 무척이나 아쉬웠다.

이런저런 우여곡절을 겪긴 했지만 감사하게도 24년째 원하던 일을 하며 살고 있다. 새벽 라디오 DJ를 하면서 어쩌다 "목소리가 좋다", "참 단아하세요"라고 말해주는 청취자를 만나면 쑥스러우면서도 예전 생각이 나 감회가 새롭다.

십수년 전쯤 초심으로 돌아가고 싶어 모교에서 외국인을 위한 한국어 강사 과정 수업을 들었다. 모국어로 자연스럽게 익힌 국어와, 외국인을 가르치기 위한 한국어는 생각보다 많이 달랐다. 배우려는 사람이 영어권 사람인지, 일본인인지, 중국인인지에 따라 교수법은 달라져야 한다는 기초 수준 정도를 익히고 더는 나아가지 못했다. 11년째 〈우리말 지킴이〉라는 프로그램을 진행하고 있지만 여전히 우리말은 까칠하고 신비로운 매력이 있다. 지금은 K-팝, K-드라마, K-푸드까지 전 세계에 한류 바람이 불고 있다. 그래서 이제는 우리나라가 어디에 있는지, 무슨 말과 글을 쓰는지 굳이 알리려고 애쓰지 않아도, 스스로 알고 싶어하는 외국인들이 많아졌다. 세계 대학에 한국어학과가 개설되고, 한국어를 배우러 한국에 오는 외국인 유학생들도 많다. 감개무량한 일이 아닐 수 없다.

요즘은 꿈이 없는, 꿈을 꿀 수 없는 무기력의 시대라고 한다. 아이가 하고 싶은 게 있고, 꿈이 있는 것만으로도 부모에게 큰 효도라고 할 만큼 지금은 꿈이 귀하다. 반면에 백세시대이기에 50세에 꾸는 꿈도 남은 50년 동안 이룰 수 있다(극강의 유연성과 근력을 필요로 하는 발레리나 등은 제외하고).

그러니 곁에 있는 누군가가 꿈의 씨앗을 품기 시작했다면 옆에서 진심으로 응원하고 박수 쳐주자. 듣기에 허무맹랑하고 어림없어 보이더라도 선배, 가족, 친구랍시고 함부로 하는 말들로 귀한 꿈을 짓밟는 우는 범하지 않도록 하자. 꿈의 길을 따라가다 보면, 꼭 애초에 원하던 그 길이 아니더라도 멋진 운명의 종착지에 가 있게 될 테니 말이다.

노안,

왔구나,

드디어

"감독님 죄송한데요, 조금만 더 다가와주세요. 조금 더, 조금만. 예, 예. 고맙습니다."

주 52시간 시행으로 여러 명이 돌아가면서 맡는 10분짜리 일요 낮 뉴스는 단독 진행이다. 컨디션이 좋지 않거나 날이 흐리거나, 유난히 검은 화면에 흰 글씨가 번지는 프롬프터를 만나면 잘 안 보이기는 했지만 그래도 이렇게 심

할 줄은 몰랐다. 첫 리포트 기사가 나가는 짧은 시간 동안 프롬프터를 장착한 방송 카메라는 바짝 앞으로 다가왔다.

요 몇 주 이상하다. 새벽 운전할 때 불빛이 퍼지고 방송할 때 커닝하는 프롬프터가 뿌옇게 흐리다. 뉴스는 혼자라 프롬프터를 당기면 되지만 이틀 뒤 진행하는 옴부즈맨 프로그램 〈열린TV 시청자 세상〉은 남성 진행자와 함께 하기 때문에 사정 얘기를 하고 양해를 구해야 한다. 스스럼없이 오케이해주기야 하겠지만 후배가 아닌 한참 위 선배에게 하는 부탁이라 어쩐지 민망하다. 지난주에도 잘 보이지 않아, "국장님, 프롬프터가 좀 흐리지 않아요?" 살짝 물었더니, "아니, 난 괜찮은데?" 하시기에 오래 쳐다보면 초점이 흐려져서 그런가 싶어 그냥 넘겼다. 그리고는 눈에 더 힘을 주었고, 잘 보이지 않는 부분은 미리 내용 파악을 한 덕에 어림짐작해 구렁이 담 넘듯 넘어갈 수 있었다. '작년에는 그래도 시력이 괜찮았는데, 노안도 오려면 아직이라고 했었는데 너무 무리해서 그런가? 일시적이겠지? 라식 수술 받은 게 한참 전이라 이제 때가 된 건가?' 이런저런 원인을 나름대로 추측해보다가 퇴근 후에 아이와 함께 안과를 찾았다.

이제 초등학생이 되는 아이는 왼쪽 시력이 여전히 잘

나오지 않았다. 의사 선생님은 아직 지켜보자고 하시며 입학 전에 다시 오라고 했다. 아이 아빠도 나도 시력이 좋지 않다. 아이가 안경 쓰는 걸 환영할 부모는 세상에 없다. 마음이 심란했다.

이제는 내 차례. 안 해도 된다는 노안 검사까지 굳이 우겨서 받고는 끝났다 싶었는데, 간호사가 암실로 안내해서 이런저런 검사를 더 받았다. 혹시나 했는데 역시나. 15년도 더 전에 받은 라식 수술은 이제 그 역할을 다했다고 했다. 그리고 멀리 있는 걸 잘 보이게 교정하면 나중에 가까이 있는 게 잘 보이지 않아 당황할 수 있다는 말을 덧붙였다. 돌려돌려 말씀해주셨지만 결국 시력도 떨어졌고, 노안 초기라는 이야기였다.

시력은 원래 나빴으니 한숨 한번 쉬면 그만이지만 암실 검사 결과가 조금 불안했다. 왼쪽 눈이 내 얼굴만 하게 찍힌 사진을 보여주는데, 누가 안구에 거미줄을 쳐놓은 것 같았다. 이 거미줄은 해마다 추적 관찰이 필요한데 약물과 주사로는 큰 효과를 거두기 어렵기 때문에 조금 더 안쪽으로 들어오면 수술로 걷어내야 한단다. 이렇게 글로 넋두리를 하게 될 줄 알았으면 거미줄 같은 저게 뭔지, 무슨 증상인지, 병명은 있는 건지 정확한 용어나 물어볼걸 그랬다. '내

왼쪽 눈 거미줄의 정체, 넌 뭐니?' 더 심란해졌다.

시력 검사 결과지와 인공눈물 처방을 받아 들고 안과를
나왔다. 아이는 먼저 집으로 들여보내고 나는 운전할 때만
이라도 안경을 써야 할 듯해 동네 안경점에 갔다. 어차피
일할 때는 못 쓰고 운전할 때 잠깐 쓸 거라 제일 싼 안경테
로 보여달라고 했다.

> 노화는 이처럼 누구나 일찌감치 자각하는 것이다.
> 노화를 자각하면 자신을 과소평가하게 되고, 강한
> 열등감이 생긴다고 아들러는 지적한다.(《행복해질 용기》,
> 기시미 이치로 지음, 이용택 옮김, 더좋은책, 189쪽)

돌이켜보면 항상 눈이 문제였다. 입사하자마자 주말 뉴
스를 맡았을 때도, 뉴스 연습을 시켜야 한다는 선배들 이야
기에 주중 매일 뉴스를 겸했을 때도 내 예민한 눈은 렌즈
를 잘 받아들이지 못했다. 눈이 불편하니 어쩔 수 없이 눈
깜빡임이 심했다. 신입 때라 뉴스를 리딩하는 목소리에도
힘이 들어가 있는데 눈까지 계속 깜빡이니 아마 더 긴장하
는 듯 보였을 것이다. 소프트 렌즈보다 하드 렌즈가 부작
용이 조금 덜하다고 해서 바꿨는데 방송 내내 눈물이 줄줄

흘렀다. 설상가상으로 눈병까지 옮아 눈도 붓고 얼굴도 부었다. 도저히 렌즈를 낄 수가 없어서 일단 급하게 안경을 쓰고 뉴스를 진행했다.

그때만 해도 20세기였으니 TV 뉴스에 남성도 아닌 여성이, 안경을 끼고 나온다는 것 자체가 용납이 안 됐나 보다. 한 카메라 감독님이 사내 게시판에 비난의 글을 올렸다.

'다른 여자 아나운서들은 시청자들에게 조금이라도 나은 모습을 보이기 위해 애쓰는데, 새파란 신입사원이 수수깡 같은 안경을 뒤집어쓰고······.'

3주쯤 지나 눈병은 어느 정도 가라앉았지만 뉴스 진행자가 전면 교체됐다. 뭐 다 옛날 이야기다.

얼마 전 타 방송사에서 여성 아나운서가 안경을 쓰고 진행을 해 큰 화제가 됐다. 여성 앵커의 안경이 나태함, 게으름, 안일함이 아닌, 동등함, 당당함, 신선함으로 다가서기까지 한 20년쯤 걸린 것 같다. 그래서인지 그 후배 아나운서가 화면에 등장할 때마다 괜히 친근하다. '사실, 안경 진행의 원조는 이 언니란다.'

안경점 점원이 저렴한 안경테와 함께 가볍고 비싼 안경

테를 가져왔다. 그리고는 비싼 안경테를 내게 먼저 건넸다.

"얼굴이 작으시니(?) 한 치수 더 작은 이 안경테는 어떠세요? 안경알이 커지면 단가도 높아져요."

안과에서 나올 때만 해도 이렇게 나이가 드는구나 싶어 괜히 기분이 우울했는데 안경점에서는 안과에서도 알려주지 않은 이런저런 시력 관련 전문지식을 알려주며, 급기야 끝에는 "어머, 30대이신 줄 알았어요. 정말 동안이세요"를 덧붙인다. 이 결정적 한마디에 나도 모르는 사이 일시불로 30만 원을 긁어버렸다. '소중한 내 눈인데 이 정도 투자는 해야지!' 이렇게 자기 합리화를 하면서.

행복은 돈으로 살 수 없지만 위안은 돈으로 살 수 있다(?!). 심리학자 알프레드 아들러의 말처럼 행복해지는 데에는 용기가 필요한 세상이다.

순간

걸려 넘어진

돌부리에

어문교열기자협회에서 주는 장관상을 받은 적이 있다. 부상으로 캄보디아와 태국에 갈 기회가 생겼다. 상을 받은 신문사 기자들과 비행기로 태국에 도착해 육로로 캄보디아를 다녀오는 일정이었다.

고생한 기억이 오래 남는다더니 앙코르 와트로 가던 길은 지금도 잊을 수 없다. 감히 말하건대 그곳에서 나는 비포장도로의 정수를 맛봤다. 도로 폭이 넓은 게 그나마 다행이었다.

일행을 실은 관광버스는 비포장 진흙길을 똑바로 달리지 못하고 내내 눌린 갈지자를 그렸다. 신의 경지라는 공중부양이 앉은 자리에서 수시로 이뤄졌다. 통통 대던 모두의 엉덩이는 성할 새가 없었고 곧 시퍼런 멍이 자리 잡았다.

진창에 빠지는 것도 예사. 그때마다 모두들 내려 영차영차 버스를 밀어야 했다. 한번은 길 옆 논두렁에 처박힐 뻔도 했다. 역시 모두 내려 쪼르르 차 뒤편에 붙었다. 차가 설 때마다 현지 아이들이 다가왔고 그럴 때면 사탕도 주고 물건을 사주기도 했다. 며칠을 그렇게 달리니 적응이 됐는지 누가 더 높이 뜨나 내기도 하고 그 와중에 졸기도 하며 무사히 목적지에 도착할 수 있었다.

다라이족을 만난 건 이번 여행에서 남은 강렬한 기억 중하나다. 동남아 지역은 소수인종이 많기 때문에 처음 '다라이족'이라고 들었을 때는 정말 그런 종족이 있는 줄 알았다. 그런데 알고 보니 강 위에서 배를 타고 유람하는 관광객들에게 일명 '다라이'라고 하는 타원형의 속이 깊은 고무대야를 타고 접근하는 아이들을 부르는 속칭이었다.

아이들은 "기브 미 원 달러Give me one dollar!"를 외치며 부지런히 노를 저어 다가왔지만 모터 달린 배를 따라잡기란 쉽지 않았다. 설령 어설픈 노 젓기로 근처까지 오는 데 성공했더라도 돈을 주는 사람은 없었다. 자꾸 줘버릇하면 아이들이 한꺼번에 몰려 안전을 비롯해 여러 문제가 생길 수 있다는 주의를 들은 터였다. 아이들 입장에서는 아쉽거나 심지어 화가 날 법도 할 텐데 여행자들이 돈을 주지 않아도, 손님을 태운 나무 여객선이 멀어져도 아이들은 끝까지 웃으며 손을 흔들었다.

끔찍한 내전을 겪은 후 캄보디아에 살아남은 성인 인구의 대다수가 20대였다고 한다. 어른이 없고 젊은이만 있는 나라가 되어버린 것이다. 사정이 그렇다 보니 우왕좌왕하다가 갈 길을 찾지 못한 캄보디아는 아직 긴 터널 속에 있다. 본 적은 없지만 1950~60년대 우리 할아버지, 할머니 세대의 모습을 떠올리게도 된다. 그때 우리나라가 이런 모습이었겠구나. 그때 우리 할머니, 할아버지들이 이렇게 살았겠구나.

우리나라가 그렇듯이 캄보디아도 좋아지는 날이 분명 올 것이다. 힘겨운 생활 속에서도 해맑은 미소를 잃지 않고 살아가는 아이들에게서 그런 희망을 엿볼 수 있었다.

언젠가 화장실 벽에서 인상적인 기도문을 발견했다.

'쉬운 인생을 달라고 기도하는 대신, 어려움이 닥쳤을 때 이겨낼 수 있는 강인함을 주시기를 두 손 모아 간절히 기도합니다.'

그동안 나는 꽃길만 걷기를, 안락하고 평안하기만을 바라는 게 당연하다 여겼다. 왜 나만 쭉 뻗은 고속도로가 아닌지 애통해하기까지 했다. 그런 나의 마음에 이 문구가 강렬하게 파고든 것이다. 내가 '왜 나만 자꾸 돌부리에 걸리느냐'고 세상을 원망하는 동안, 돌부리에 걸려 넘어지는 순간조차 배움의 시간이라 여기는 사람들도 있었던 것이다. 비포장 도로도 합심하고 적응해 나아가니 도착지까지 그럭저럭 견딜 수 있었고, 가끔 진창에 처박힌 덕분에 차에서 내려 캄보디아의 공기도 마시고, 주변을 돌아볼 여유도 가질 수 있었는데 말이다.

'왜 나만 손해를 보는 걸까.'

'왜 나만 일을 해야 하는 걸까.'

'왜 나는 암에 걸린 걸까.'

'왜 행복은 내 앞을 스쳐 지나가 버리는 걸까.'

'왜 나는 좋아하는 사람에게 버려진 걸까.'

대화를 하다가 순수하게 궁금해진 것을 왜라고 묻는 것은 상관없습니다. 하지만 자신의 인생에게 바라지 않던 일이 일어났을 때, 왜라는 물음을 반복하는 것은 그만둡시다.(《이건 안 해, 저건 해》, 고바야시 데루코 지음, 한아름 옮김, 소운서가, 73쪽)

《이건 안 해, 저건 해》의 저자 고바야시 데루코는 여든두 살의 미용연구가로, 제2차 세계대전 통에 다섯 명의 부모님 손에서 자랐다. 그나마도 형편이 어려워 보호자가 바뀔 때마다 어린 본인이 생계를 책임져야 했다. 도쿄로 상경해서는 주경야독으로 미용학원을 다녔다. 직장에서 당했던 억울한 일들, 죽음의 문턱까지 갔던 교통사고, 믿었던 남편의 배신 등 일련의 사건에도 의연하고 담대하게 대처했다. 그녀는 열여덟 살 무렵 이웃에게 들었던 '불쌍한 아이'라는 말에 충격을 받고 이렇게 결심한다.

'더 이상 평범해 보이는 인생과 비교하는 건 그만두자. 평범해 보이는 인생을 동경하는 것도 그만두자. 나는 내 인생을 받아들이자.'

고바야시 데루코처럼 비록 절망 속에서 힘들게 일어섰

지만 주어진 운명을 탓하지 않고 감사하는 사람들이 있다. 자신을 외면하는 관광객들에게도 환한 웃음으로 보답하는 캄보디아의 다라이족 아이들도 그렇다. 이들은 모두 '왜, 나만?' 하고 따져 묻지 않는다.

나는 과연 삶을 마감하기 전에 이런 경지에 다다를 수 있을까? 진짜 어른이 되려면 난 아직 멀었다.

Part 3.

난 아직

직

누군가에겐

전부

오늘 나는

이런 마음이구나

새벽 두 시부터 네 시. 가장 고요할 시간에 8년째 진행하는 라디오 프로그램이 있다. 새벽 라디오에는 특히 '내 시간'이 소중해서 잠 못 드는 엄마들의 사연이 많다. 옆에서 남편은 드르렁드르렁 코를 골고 있고, 아이는 보채다 겨우 잠든 새벽. 얼른 자야 또 아침에 일어나 할 일을 할 수 있지만 지금이 아니면 내 시간이 영영 사라질 것 같아 차마 잠들지 못하고 깨어 있는 것이다.

> 나를 가장 잘 이해할 수 있는 사람은 다른 누구도 아
> 닌 바로 나 자신이다. 우리는 살면서 자신의 마음을
> 스스로 얼마나 제대로 알아차릴 수 있을까. 어느 날
> 문득 도망치고 싶다는 생각이 떠오른다면 그런 자
> 신을 순순히 인정하면서 '그렇구나, 오늘의 나는 이
> 런 마음이구나.' 이렇게 생각해야 한다.《도망치고 싶을 때
> 읽는 책》, 이시하라 가즈코 지음, 이정은 옮김, 홍익출판사, 12쪽)

모처럼 남편 찬스나 친정엄마 찬스를 써서 콧바람 쐬고
왔다는 사연도 많다. 그런 사연에서는 신선하고 상쾌한 바
람이 인다. 그래 봐야 카페 가서 차 한잔 마시거나 영화를
보거나 친구를 만나 수다 떨다가 아이가 눈에 밟혀서는 두
어 시간 만에 집으로 들어가는 게 전부지만 말이다.

그렇게라도 오늘 내가 어떤 마음인지 알아주지 않으면
누가 알아줄까. 그렇게 내 시간을 갖기 위한 과감한 일탈,
짧게라도 누리는 휴식이 필요한 순간이 있다. 하루의 시간
이 주어졌다면 근교 나들이가 가능하다. 반나절이라면 영
화 한 편도 볼 수 있다. 세 시간이 어렵다면 단 30분이라도

혼자 가볍게 산책해보자.

좋은 휴식이란 그냥 쉬는 것에 그치지 않고 '쉬고
싶은 자신'을 마음으로부터 허락하는 일이다.(19쪽)

암흑이 가장 짙은 시간인 새벽 두 시부터 네 시를 '블랙
홀' 시간대라고도 한다. 눈을 감고 아침을 위해 충전해야
하는 시간. 일하기에 어색하고, 가장 효율이 떨어지는 시
간. 채 끝내지 못한 어제를 마무리하는 사람들과 오늘을 일
찍 맞는 사람들이 겹치는 시간. 하지만 잠을 깨야 하는 이
들보다 잠을 자야 하는 이들이 아직 많은 시간이다.

하루가 길었다는 사연에는 한숨이 묻어 있고, 누군가를
그리워하는 사연에는 눈물이 배어 있다. 미래를 불안해하
는 사연은 안타깝고, 일에 치여 버겁다는 사연은 안쓰럽
다. 힘내라고 잘될 거라고 괜찮다고 말은 해도 공허한 말
뿐이라 미안하다. 잠자기도 아까운 귀한 시간을 내어 새
벽 라디오와 함께하는 분들이 고맙고, 과분한 사랑과 격
려에 송구하다.

끝이 좋으면 다 좋다고 하지 않았던가. 그러니 부디 오
늘의 마무리는 반드시 행복하기를. 온종일 힘들고 속상했

더라도 하루의 끝에서만큼은 온전한 나로 잠들기를. 이럴 때 옥상달빛의 노래가 제격이라 자주 선곡한다.

'수고했어, 오늘도.'

그저 이름이 불리는 것만으로도

초등학교, 아니 우리 때는 국민학교였다. 그때는 학교 수에 비해 아이들이 많아 한 반이 1, 2부로 나뉘어서 오전에 학교를 가는 날도 있고, 오후에 가는 날도 있었다. 그러다 5학년 2학기쯤 동네에 학교가 하나 더 생겼고 친구들과 눈물의 이별을 하게 됐다. 그렇게 나는 새로 생긴 학교로 옮겨 첫 번째 졸업생이 되었다. 이후로 중학교도 고등학교도 집에서 가까운 곳으로 진학했지만 나는 늘 새 학기가 낯설었고 누군가 애써 찾지 않으면 눈에 띄지 않는 조용한 아이였다.

초등학교 저학년 때였던 것으로 기억한다. 새 학기가 시작되고 반장선거를 하는 날이었다. 예상치 못하게 후보로 지명돼 교실 앞으로 나갔다. 자기소개인지, 선거 공약인지 알 수 없는 몇 마디를 우물거리고는 투표가 진행됐다. 한 반에 학생들은 많았고, 서로에 대한 정보가 부족한 아날로그 시대였으니 앞에 나와 쭈뼛거리는 나를 아이들이 반장으로 뽑아줄 리는 만무했다. 나 역시 그럴 생각은 추호도 없었기에 씩씩해 보이는 다른 후보에게 투표를 하고 개표 결과를 기다렸다.

어린 아이들이지만 보는 눈은 비슷했다. 예상대로 내 옆에서 호기롭게 발표를 했던 아이에게 몰표가 쏟아졌다. 그리고 내게는 단 한 표가 나왔다. 반장이 된 아이는 앞에 나와 당차게 소감을 발표하고 박수를 받았다. 반면 나는 '뭐야, 자기가 자기를 뽑았나 봐' 하는 듯한 아이들의 의심스러운 눈초리를 온몸으로 감내해야 했다. 당장에라도 자리에서 일어나 "내가 쓴 게 아니야!"라고 말하고 싶었다. 그럴 만한 용기가 있었다면 그렇게 쭈뼛거리지도 않왔겠지만.

뽑아놓고는 미안해서 어쩔 줄 모르는 얼굴로 나를 바라보는 한 친구의 눈빛만이 나를 위로했다. 안타깝게도 그 눈빛을 눈치 챈 건 나뿐이었다.

초등학교에서 중학교로 진학해서도 상황은 마찬가지였다. 작은 교실을 메운 50여 명의 학생들은 이름보다 번호로 불리는 게 익숙했다. 담임선생님이라면 모를까 수업이 많지 않은 예체능 과목 선생님들은 특히나 모든 아이들의 이름을 다 외울 수 없었다.

그날은 늘 그렇듯 교실 청소를 하고 있었다. 책상을 교실 뒤로 죽 밀어놓고 비질을 한 다음 다시 책상을 하나하나 앞으로 당겨 줄을 맞췄다. 그때 미술 선생님이 갑자기 교실로 들어와서는 내게 다가와 말씀하셨다.

"현경아, 그런데 어쩌고저쩌고……."

나는 머리가 멍해져서는 선생님 말씀이 들리지 않았다. '어! 선생님이 어떻게 내 이름을 아셨지?', '내가 지금 명찰을 달고 있나. 아닌데?' 머릿속은 온통 '미술 선생님이 어떻게 내 이름을 알까' 하는 생각으로 가득 찼다. 미술시간은 일주일에 단 하루, 두 시간 연달아 수업이 진행된다. 미술 선생님은 우리 학년 전체를 다 담당하고 있다. 내가 미술을 잘하는가 하면 그것도 아니다. 앞에서 말했듯 나는 그저 눈에 띄지 않는 그런 저런 학생이었다. 그래서 더욱 선생님이 내 이름을 알 리 없다고 생각했다. 그런데 내 이름을 불러주다니!

눈에 띄는 아이가 되고 싶었던 건 아니지만 그렇다고 해서 아무도 모르는 아이이고 싶지는 않았다. 그저 이름 모를 수많은 학생 중 한 명이라고 생각했던 수줍은 사춘기 소녀였던 나는 김춘수 시인의 시 〈꽃〉에서처럼 누군가로부터 이름이 불리자 특별한 무언가가 된 것 같았다. 비록 단 한 번의 놀라움과 감동이었지만 하나의 몸짓에 지나지 않았던 '아무개'는 더 이상 그냥 아무개가 아니었다. 그것만으로도 나의 미술 시간은 특별해졌고, 누군가 나를 알고 있다고 생각하니 학교 생활은 더 활기차졌다. 그때는 그저 그렇게 이름이 불리는 것만으로도 좋던 때였다.

전부

누군가에겐

난 아직

"당신은 존재감 있는 사람입니까?"라는 질문에 자신 있게
대답할 수 있는 사람이 몇이나 될까? '아니, 존재감이 대
체 뭔데!' 네이버 국어사전을 검색해봤다. '사람, 사물, 느
낌 따위가 실제로 있다고 생각하는 느낌'이란다. 그럼 나
는 실제로 있는 것 같은 느낌 따위가 없는 사람인 거야?

애써 튀는 걸 싫어해서 조용조용 다니기는 한다. 생색내

는 것도 싫어 어쩌다 듣는 공치사와 칭찬이 아직도 어색하긴 하다. 은은하되 요란하지는 않았으면 하는 절제가 무욕으로 비쳐, 있는지 없는지도 모르는 무※ 존재가 되어버렸으나 사는 데 큰 지장은 없다. 이런 나를 두고 동료들은 '사부작사부작'이라는 부사어로 표현하기도 했다.

그저 이렇게 열심히 하면 언젠가 알아주겠지 했다. 그런데 사회는 열심히 하면 알아주는 게 아니라 티 내고 생색 내야 돌아봐주나 보다. 열심히는 하는데 별 성과가 없다니! 무언가 한마디로 규정할 개성이 없다니! 하긴 요즘 같은 세상에 일 열심히 안 하는 사람이 어디 있겠나. 아무튼 인정에 목마른 현대인들에게 존재감이 없다는 말은 사뭇 치명적이다. 아픈데 인정할 수밖에 없어서 한마디 반박도 해명도 하지 못한 게 더 서글프다. 있어도 그만 없어도 그만인 잉여인간이 나였다니.

어디서부터 잘못된 것인지 곰곰이 과거를 복기해본다. 그간 나는 다음을 생각하며 에너지의 90퍼센트 정도만 쓰고 10퍼센트는 비축했던 것 같기도 하다. '모 아니면 도'가 될 위험인자를 품고 있는 대박에 도전하기보다는 안정적으로 가져갈 수 있는 중박을 선택해왔는지도 모른다. 생각에 생각을 더하면 할수록 문제의 원인이 나에게 있는 게 자명한 듯해 기분이 더욱 가라앉는다. '가늘고 길게'라는 말은 현대와 같은 치열한 경쟁사회에서는 불가능하다. 굵어야 끊어지지 않고 오래 갈 수 있다. 가늘면 약해서 조금의 부침에도 쉬이 위태로워지고, 결국 끊어지고 만다.

> 자아존중감은 내가 여기에 형편없이 있음에도 누군가 나를 바라봐주는 사람이 있을 때 형성된다.(《초등 자존감의 힘》, 김선호, 박우란 지음, 길벗, 20쪽)

아이 교육을 위해 읽게 된 《초등 자존감의 힘》에서는 존재감이 자존감의 중요한 양분이라고 말한다. 그래서 아이의 상태와 관계없이 부모의 의지적인 따뜻한 바라봄이 중요하단다.

그렇다면 자아존재감이 부족하다고 느끼는 어른은 어떻게 자존감을 회복할 수 있을까. 행복에 소소하고 확실한 행복, 소확행이 있듯, 존재감에도 소소하고 확실한 존재감이 있지 않을까? 존재 자체로 존재의 이유가 되고, 존재 자체로 존재의 구실이 되며, 존재 자체로 존재할 가치는 충분하다.

삶에서 행복보다는 의미를 추구해야 하듯, 번쩍번쩍 블

링블링 멀리서도 눈부신 존재감도 있고, 오래 보아야 예쁜 들풀의 숨겨진 존재감도 찾아보는 재미가 있다. 이것이 존재감 없는 모래알의 변명이라면 변명이다.

> 자아존재감이란 쉽게 표현해서 '내가 여기 있음'을 안다는 것이다. 대부분의 사람들은 당연히 '내가 여기 있다'라고 생각한다. 하지만 인간은 매우 나약한 심리를 지녔는데, 누군가 나를 바라봐주지 않으면 내가 여기 있음을 느끼지 못한다.(18쪽)

지난가을 아이 유치원 운동회에 갔다. 운동회의 하이라이트는 모든 일곱 살이 참가하는 계주였다. 아이가 덩치가 제법 큰 편이어서 좁고 긴 장애물을 통과하는 데서 시간이 좀 지체됐다. 그러는 사이 백군과 그만 한 바퀴 차이가 나고 말았다. 계주를 마친 아이는 자기 반으로 바로 돌아가지 않고, 풀이 죽어서는 고개를 떨어뜨리며 내가 있는 곳으로 왔다.

"나는 달리기도 못하고, 축구도 못 하고, 그림도 못 그리고……. 나는 쓸모없어!"

아이의 말에 깜짝 놀랐다. 아이를 뒤에서 끌어안으며

달랬다.

"사람마다 잘하는 게 달라. ○○이는 체육을 잘하고 너는 책 읽기를 잘하고. 그리고 너는……."

아이의 장점을 최대한 이것저것 끌어모아 나열했지만 아이의 표정은 좀처럼 밝아지지 않았다.

"너는 쓸모없지 않아. 너는 소중한 존재야. 네가 쓸모없다고 그러면 쓸모없는 너를 낳은 엄마는 쓸모없는 엄마야? 그래? 그럼 좋겠어?"

"아니야. 엄마는 소중한 엄마야."

그제서야 아이의 눈이 번쩍 떠지며 기운을 차리고는 아이들과 선생님이 모여 있는 곳으로 쪼르르 달려갔다. 그날의 운동회는 다행히 청군과 백군의 무승부로 끝났다.

> 가장 중요한 것은 '의지적인 바라봄'이다. 의지가 필요한 이유는 자녀의 형편없는 순간마저도 바라볼 용기가 있어야 하기 때문이다. 자아존중감은 '내가 여기에 형편없이 있음에도 누군가 나를 바라봐주는 사람이 있을 때' 형성된다.(20쪽)

회사에서는 존재감이 없어 슬프지만, 내 아이에게는 내가 이 세상의 전부다. 내가 없으면 슬프고 내가 있으면 행복하단다. 내가 옆에 있어도 내가 보고 싶단다. 내가 사라질까 봐 무섭고 걱정된단다. 내가 뭐라고.

서로는 서로의 이름을 불러줄 때 꽃이 되고, 서로가 서로를 바라봐줄 때 의미가 된다. 언제나, 한결같이, 최악의 순간일지라도. 그러니 내가 무너지면 안 된다. 존재감이 없어 자존감이 바닥일 때라도, 적어도 아직까지 나는 누군가에겐 전부니까.

선배
가장 좋은
경험이

일에서 멋지게 성공하고 이후에 후진 양성을 하고 싶은 포부가 예전에는 있었다. 닮고 싶은 선배나 롤 모델이라는 것도 되어보고 싶었다. 하지만 이내 깨달았다. 그건 아무나 할 수 있는 게 아니라는 걸. 멘토는 내 자리가 아니었다. 나하나 건사하기도 벅찬데 누가 누구의 모범이 될 수 있겠나.

피겨 중계 후임자가 정해졌다. 후배에게 그동안의 노하

우를 알려주라는 상사의 지시가 있었다. 그렇지 않아도 마음의 준비를 하고 있었다. 전문적인 부분은 해설위원이 있으니 내가 알려줄 수 있는 건 진행 방법과 꼭 해야 할 말, 절대 하면 안 되는 말 같은 것들이었다. 가능한 한 내가 아는 모든 것을 알려주었고, 혹시나 하는 마음에 시상식 중계 요령까지 상세하게 설명해줬다.

후배의 첫 중계는 사대륙 선수권 대회였다. 김연아 선수 이후 처음으로 우리나라 선수가 사대륙 선수권 대회에서 2위를 하는 쾌거를 이룬 경기였다. 후배는 첫 중계에서 시상식까지 중계하는 행운을 누리게 됐다. 대개 이렇게 선수가 잘하면 중계진까지 칭찬을 받는다. 큰 실수만 없었다면 자연스레 잘했다는 평가가 나올 것이다.

경기가 끝난 뒤 상사가 내게 후배 중계를 어떻게 봤느냐고 물었다. 나는 잘 안착한 것 같다고 답하며 안도했고, 상사는 "하여튼 ○○ 씨 운도 좋아" 했다. 미소를 지으며 고개를 끄덕이던 나는 한편으로 씁쓸해졌다. 운이 따라주는 사람과 따라주지 않는 사람이 확실히 있구나, 그런데 그 운도 실력이라면 나에게 지독히도 따라주지 않았던 그 운 탓만 할 수도 없겠구나 싶어서였다.

물론 운도 좋았지만 노력이 뒷받침해주지 않았다면 결

코 쉽지 않았을 첫 방송에서의 연착륙이었다. 후배는 출근하자마자 나에게 하이파이브를 청했다. 자기만의 능력이라고 생각지 않고, 선배에게도 공을 나눠주는 후배를 보니 뿌듯하고 고마웠다.

살면서 한번쯤 제대로 된 선배 노릇을 해보고 싶었는데, 방송 일이라는 것이 워낙 다양하고 개성이 필요하기에 각자도생의 성격이 강해서 그럴 기회가 쉽게 주어지지 않았다. 비록 후진 양성이라는 거창한 꿈을 이룬 건 아니지만, 이런저런 우여곡절이 녹아 있는 선배의 경험을 놓치지 않고 소중히 받아 안아 자신의 것으로 찰떡같이 소화해준 후배에게 감사한 마음이 든다.

그럼에도 어쩔 수 없는 선배인지라 후배를 보면 물가에 어린 애 내놓은 것마냥 괜한 노파심이 생긴다. 하지만 그리 큰 걱정은 하지 않으려고 한다. 한 번의 경험이 후배에게 값진 자산이 되었을 것이고, 이번 일로 노력은 배신하지 않는다는 걸 자연스레 알게 되었을 테니까. 앞으로 차근차근 성장해 나갈 후배의 앞날을 기대해본다.

그러다 결국 생각이 돌고 돌아 제자리로 온다. '누가 누구 걱정을 하는 거야? 괜한 오지랖에 오버하지 말고 내 할 일이나 잘하자!'

새벽 라디오를 같이하는 두 명의 작가들과 밥을 먹는 날
은 일 년에 고작 예닐곱 번 정도다. 새벽 방송 제작과 출연
을 겸하는 내가 맡게 된 뒤로 원고는 미리 이메일로 받기
때문에 작가들은 굳이 회사로 출근하지 않아도 된다. 각자
생활 패턴도 다르고, 다른 프로그램들도 담당하고 있다 보
니 한자리에 모이기가 그리 쉽지 않다.

그래도 연말에는 꼭 모여 송년회를 겸하는 점심식사를 한다. 그리고 그날엔 늘 선물 교환을 해왔다. 비싸고 부담스러운 선물 말고, 집에 쟁여두었는데 손이 안 가는 물건을 하나씩 들고 와서 나눈다. 우리는 이걸 '아나바다 선물 교환식'이라고 부른다. 아껴 쓰고, 나눠 쓰고, 바꿔 쓰고, 다시 쓸 수 있으니 의미도 있고 재미도 있다.

나는 누군가에게 선물 받았던 비싸지 않은 가격의 립스틱 두 개를 준비했다. 화장품 가게에서 받은 샘플들도 있었기 때문에 나는 샘플만 써도 당분간은 충분했다. 작가들은 마침 립스틱이 떨어져서 사려고 했다며 좋아했다. 여성들에게 립스틱은 단 하나라도 겹치는 색깔이 없다. 얼핏 보기에 다 같은 빨강 같아도 호수에 따라, 브랜드에 따라 느낌이 가지각색이라 다다익선이다.

작가들로부터는 패션 장바구니와, 지인이 직접 만들어줬는데 잘 안 하게 된다는 귀걸이를 받았다. 부모님과 같이 살고 있는 미혼인 작가에게 패션 장바구니는 예쁘긴 해도 그다지 쓸 일이 많지 않았을 것이다. 알록달록 튀는 색깔과 모양 때문에 어머님도 쓰시기를 주저하셨단다. 그 패션 장바구니는 이제 주말마다 나와 같이 마트에 간다. 그 녀석은 비닐봉지를 대신하며 환경 보호에 미약하게나마 일조하고 있다. 그리고 액세서리를 잘 하지 않는 작가의 귀걸이는 요즘 나와 함께 방송 출연하는 재미에 푹 빠져 있다.

서랍 속에 처박혀 있던 립스틱이 새 주인을 만나 바로 그 자리에서 요긴하게 쓰이고, 성격에 맞지 않게 얌전히 접혀 있던 장바구니는 새 사람을 만나 장을 볼 때마다 앞장을 선다. 크기가 다소 부담스러웠던 진주 모양 귀걸이는 새로운 장소에서 조명을 받아 은은한 자태를 뽐낸다. 존재감의 아나바다. 존재를 아껴 보고, 서로 나눠 보고, 장소를 바꿔 보고, 다시 살펴보니 그 쓸모가 새롭다.

원래 있던 곳에서 제대로 된 대접을 못 받던 존재들이, 영역과 사람과 분위기가 바뀌자 빛을 발하는 경우는 우리 주변에도 많다. 내가 직간접적으로 인연을 맺었던 스포츠 분야에서도 그렇다. 동계 올림픽에서 괄목할 만한 성장을 보여준 스피드 스케이팅 선수들 중에는 쇼트트랙 선수 출신들이 많다. 남녀가 짝을 이뤄 멋진 호흡을 선보이는 피겨 스케이팅의 페어나 아이스댄스 선수들은 원래 각자 싱글로 활약하던 선수들이었다. 하계 올림픽에서 출렁이는 물속으로 종이를 찢듯 날렵하게 낙하하는 다이빙 선수들 중에는 체조 선수 출신이 많았으며, 물속의 핸드볼이라 불리는 물에서 하는 구기 운동, 수구의 선수들도 원래 수영 선수였을 것이다.

나 또한 비록 자원해서 시작한 건 아니지만 다른 동료들처럼 뉴스나 교양만을 고집했다면 결코 알 수 없었을 스포츠 캐스터라는 신세계를 만났다. 그렇게 16년이 흘렀고, 지상파 아나운서로서는 드물게 라디오 방송 제작을 하게 된 지도 어느덧 8년이 넘었다.

'으뜸first one'이 아닌 '유일only one'이 돼라는 말이 있다. 복작복작 서 있기도 힘든 레드오션에서 벗어나 나만의 블루오션을 향해 가라고들 한다. 원래 있던 제 위치만 고집해 눌러앉아 있었다면 쓰임의 재발견은 꿈도 못 꾸었을 일이다. 그러니 지금 당장 빛나지 않는다고 실망하거나 포기하지 말자. 우리는 모두 쓸모가 있기에 세상에 나왔으므로.

모든 사람은 다 천재다. 다만 나무에 오르는 능력으로 물고기를 판단한다면, 그 물고기는 평생 자기가 바보라 믿고 살아가게 될 것이다. - 아인슈타인

위
로

뜻
밖
의

석사과정 동기가 책을 냈다고 카카오톡 단체 채팅방에 알려왔다. 책을 낭독하는 팟캐스트를 하고 있으니 작은 도움이라도 될까 싶어 책을 한 권 보내달라고 했다. 출판사 이름으로 택배가 와서 열어보니 책과 편지, 그리고 다른 책이 세 권 더 들어 있었다. 편지를 먼저 집어서 펼쳤다. A4용지에 키보드로 친 의례적인 글귀이겠거니 했는데 예상과 달랐다.

'차분하고 힘 있는 목소리로 피겨 스케이팅 캐스터 하시던 모습이 참 좋았습니다. 책 몇 권 더 넣었어요. 그 목소리로 같이 읽어주시면 감사하겠습니다.'

가슴이 살짝 저릿했다. 얼굴도 모르는 이가 내 마음을 어찌 알았을까. 출판사 담당자일 테고 지금의 내 상황을 알리가 없음에도 그토록 듣고 싶어 했던 말을 그 안에 적어놓았던 것이다. 고마운 마음에 종이를 펼쳐 사무실 책상 칸막이 눈에 띄는 곳에 자석으로 고정해놓았다.

그리고 나서 책을 꺼내 보는데 동기가 쓴 책 외에 나머지 세 권이 모두 같은 작가의 책이었다. 그때까지만 해도 처음 들어본 이름이었던 이기주 작가였다. 그리고 그의 책은 각각 《언어의 온도》, 《말의 품격》, 《글의 품격》이었다. 작가가 누구인지, 성별이 남성인지 여성인지도 모른 채 무심히 책 하나를 집어 들었다. 그 책이 바로 《언어의 온도》다. 말과 글에는 나름의 따뜻함과 차가움이 있다고 하니 하는 일과 무관하지 않을뿐더러 제목 자체만으로도 온기가 느껴져 왠지 끌렸다. 책장을 넘겨서 보니 작가의 친필 사인이 있었다.

'이현경 님의 人香이 萬里까지, 이기주'

글의 결도 고왔다. 왠지 '가슴이 따뜻한 사람과 만나고 싶다'는 커피 광고 문구가 떠올랐다.

> 꽃향기가 아무리 진하다고 한들 그윽한 사람향기에 비할 순 없다. 깊이 있는 사람은 묵직한 향기를 남긴다. 가까이 있을 때는 모른다. 사람의 향기는 그리움과 같아서 만 리를 가고도 남는다. 그래서 인향 만리라 한다.(《언어의 온도》, 이기주 지음, 말글터, 294쪽)

출판사 담당자에게는 '중계를 관두게 되어 섭섭하던 차에 큰 위로를 받았다'는 감사의 이메일을 보내고 차 한잔 대접하고 싶다고 약속을 청했다. 처음에는 인사치레겠거니 하던 담당자는 몇 번 이메일을 주고받은 뒤에 날짜와 장소를 정했다. 그동안 《말의 품격》과 《글의 품격》을 연이어 읽었다.

나는 새로운 상황에 애써 잘 적응하고 있었다. 남들에게도 씩씩했던 옛 모습을 잘 찾아가고 있는 듯 보였을 것이다. 그렇게 아무렇지 않은 척으로 나는 나조차 감쪽같이 속이고 있었다. 그런데 세 권의 책을 읽으며 점차 깨닫게 됐다. 내가 정말 아무렇지 않은 게 아니라는 사실을. 그걸 인정했을 때에야 우리는 그 이후를 기약할 수 있다.

책에 담긴 위로의 말들을 읽어 내려가며 내게는 아직 위로가 더 필요하다는 걸 알게 됐다. 그동안 나는 상처가 저절로 아물기를 바라며 눈길조차 주지 않았다. 마치 보지 않으면 그 상처가 더 빨리 사라지기라도 할 것처럼 말이다. 시간이 더 오래 지난다면 어쩌면 그렇게도 아물 수 있을지 모른다. 하지만 상처의 흔적은 반드시 남을 것이다. 상처가 났을 때 똑바로 상처를 바라보고 제대로 약을 발라줘야 더 빨리 그리고 깨끗하게 아문다. 너무 자주 열어보고 만지면 덧날 수 있으니 그럴 필요까지는 없다.

이기주 작가의 책들 중에서《언어의 온도》를 소개하고 싶어 낭독 준비를 했다. 낭독을 준비하며 살펴보니 이상하게 동기의 책과《말의 품격》,《글의 품격》은 같은 출판사인 데 비해《언어의 온도》만 출판사가 달랐다. 책을 보냈다는 건 이미 방송에 사용해도 된다는 의미일 테니 팟캐스트 용으로 제작해도 무방했다. 하지만 아무리 작가에게 친필 사인을 받았다고 한들 출판사가 다르니 걱정이 됐다. 고민 끝에 책 맨 뒤쪽에 기재된 메일주소로 이메일을 보냈다.

'안녕하세요. 저는 SBS 팟캐스트〈당신의 서재〉를 운영하고 있는 이현경입니다. 저희 프로그램에서는 책을 소개하며 일부 내용을 낭독하고 있습니다. 귀사의 책《언어의 온도》를 사용해도 무방하겠는지요. 참고로 작가의 친필 사인을 받았습니다.'

　이름도 생경한 출판사는 업무가 바쁜지 며칠이 지나도 메일 확인을 하지 않았다. 그러는 사이 책을 보내준 출판사 담당자와는 출판사가 있는 홍대, 내가 다니는 회사가 있는 목동, 그리고 책을 펴낸 동기가 사는 강남까지 세 곳에서 모두 접근성이 좋은 광화문에서 만났다. 셋 중 둘이 초면이 었음에도 여성들의 유쾌한 수다는 처음부터 거리낌이 없 었다. 책과 사람, 책과 육아, 책과 여행, 다시 책과 책……. 대화는 꼬리에 꼬리를 물었고 배꼽이 아플 정도로 웃었다.

　점심을 먹으며 보내주신 책 덕분에 큰 위로를 받았다 고 말했다. 출판사 담당자는 알고 보니 출판사 이사였고, 동기의 소개로 책을 보내는데 몇 마디라도 적는 게 도리 다 싶었다며 최근 피겨 스케이팅 중계를 그만둔 줄은 몰 랐다고 했다.

　그런데 이야기를 나누다가《언어의 온도》를 펴낸 출판 사는 작가 개인이 세운 '1인 출판사'라는 걸 알게 됐다. 처 음에는 작가가 캐리어에 자신을 책을 가지고 다니며 직접 홍보를 했다고 한다. 베스트셀러가 된 이후 밝혀진 유명 일화였는데 나만 까맣게 모르고 바보짓을 한 것이다. 출판사가 달랐음에도 다른 두 권의 책, 그리고 친필 사인과 함께 책이 동봉된 이유가 밝혀지니 양 귓불이 빨개질 만큼 부끄러웠다. 그 뒤로는 내가 보낸 이메일을 제발 읽지 않았기를 바라며 아직까지 수신 확인을 못하고 있다.

> 꽃은 향기로 말한다. 향기의 매력은 퍼짐에 있다. 향기로운 꽃내음은 바람에 실려 백 리까지 퍼져 나간다. 그래서 화향백리라 한다.(293쪽)

붓펜으로 유려하게 흘려 쓴 '인향이 만리까지'라는 글귀와 자판으로 꾹꾹 눌러쓴 너의 흔적을 기억하고 있다는 글귀. 글씨에서 은은한 꽃향기가 배어 나오는 것 같다.

우주이거나
먼지이거나

《창백한 푸른 점》은 보이저 계획의 화상 팀을 맡은 천문학자 칼 세이건의 책 제목이자 지구를 가리킨다. 1990년 보이저 1호가 촬영한 지구의 사진은 수많은 반대에도 카메라를 지구 쪽으로 돌릴 것을 건의한 칼 세이건의 결단에 의해 세상에 알려졌다. 61억 킬로미터 거리에서 촬영한 사진 속 지구는 태양 반사광 안에 있는 파란색 동그라미 속 희미한 점에 불과했다. 자기가 속한 이 세계가 전부인 것처럼 아웅다웅하던 사람들은 지구라는 작은 점에 사는 초미세먼지보다 더 보잘것없는 존재임을 깨달았다. 실제 우주를 보고 온 우주비행사들은 고요하면서 무한한 우주의 스케일에 압도돼 인생무상을 깨닫고 종교에 귀의하거나 여생을 전원에서 조용하게 보내기도 했다고 들었다.

쓸데없는 잡념이 자꾸 불어날 때 이 거대한 지구가 실은 손바닥만 한 스노볼이라는 상상을 한다. 눈송이보다 작은 인간은 스노볼 바깥 세계가 있다는 걸 모른 채 희미하게 부유한다. 내 인생이 송두리째 뒤흔들린 것 같아도 사실은 스노볼이 가볍게 흔들렸을 뿐이다. 스노볼 안 눈송이처럼 우리는 작고 미미한 존재고 사는 것은 별일 아니다. 아무것도 아니다. (《혹시 이 세상이 손바닥만 한 스노볼은 아닐까》, 조미정 지음, 웨일북, 183쪽)

그러나 평범한 일상을 살아가는 대다수의 사람들은 하루에도 몇 번씩 기분이 롤러코스터를 타고, 천국과 지옥을 오가는 경험을 한다. 목적을 갖고 추켜세워 주는 빈말에 괜히 우쭐하고, 잘못을 바로잡기 위한 직언에는 버럭 한다. 불쾌한 이야기엔 눈을 흘기거나 씩씩대기도 하며, 으스대는 이야기엔 뒤에서 코웃음을 치거나 한쪽 입꼬리를 올려가며 비웃는다. 실은 도토리 키 재기인데도 남과 비교하며 괜히 쭈그러들기도, 부럽고 샘이 나서 배가 살살 아프기도 하다. 그러다 괜히 만만한 가족에게 심통을 부리고는 이내 후회하는 우리는 스노볼 속 수많은 눈송이 중 하나에 불과하다.

그런데 그렇게 보잘것없고 자질구레하고 미미할 것만 같아도 마음먹기에 따라 우리는 있는 그 자체로 광활한 우주다. 보이지 않는 부스러기처럼 하찮게 살지, 드넓은 우주처럼 의연하게 살지는 각자의 의지에 달려 있다. 여전히 재미없고 마음대로 안 되며 아주 가끔만 즐겁고 신나는 인생(182쪽)이지만 매번 행복하지는 못해도, 여전히 의미 있게 살려면 어떻게 해야 할까?

Part 4.

나는

누가
뭐래도

내 편

내 편

누가 뭐래도

나는

작년에 세례를 받았다. 세례명을 고심하다가 신부님이 지어주신 '로즈메리'로 정했다. '로즈메리'는 '스텔라(별)'처럼 반짝반짝 빛나지도, '미카엘라(천사)'처럼 신비롭지도 않은, 차라리 허브의 일종으로 더 잘 알려진 이름이다. 잎을 따서 끓는 물에 설탕을 곁들여 마시면 향기로운 차가 된다. 실용과 쓸모를 추구하는 나의 성향과 잘 맞아떨어지

고 제 잎을 떨어뜨려 남에게 휴식 같은 한 모금을 선사하
는 것도 마음에 들어 주저 없이 택했다.

신부님이 말씀하시길, 나처럼 늦은 나이에 세례를 받는
경우는 대개 시댁의 권유 때문일 때가 많다고 했다. 나처
럼 '아이 유치원 때문에'는 처음이라고도 했다. 종교가 없
던 내가 천주교인의 일원이 되기 위해 교리 수업을 받게 된
것은 정확히 말하면 '약속' 때문이었다.

아이는 일찍부터 보낸 어린이집에서 이런저런 사건 때
문에 제대로 졸업을 하지 못했다. 확실한 물증은 없지만 선
생님으로부터 '진상' 소리를 듣질 않나, 다른 아이에게 얼
굴이 온통 할퀴어져서는 퉁퉁 부어오르기도 했다. 아이가
가기 싫다고 울고불고 할 때는 다 이유가 있었다.

동네의 모든 유치원을 답사했다. 그리고 그중 마음에 들
고 비교적 가까운 세 곳에 원서를 넣었다. 추첨으로 파란
공을 뽑을 수 있기만을 기도해야 했다.

한 군데는 이미 떨어져서 터덜터덜 집으로 돌아왔고,
두 번째 지원한 유치원 추첨 날이 됐다. 성당 안에 자리한
유치원은 수녀 선생님의 넘치는 사랑으로 밝은 빛이 가득
느껴졌다. 따뜻한 보살핌으로 그토록 소원했던 졸업도 가

능할 것 같았다. 간절한 마음을 담아 성모 마리아상 앞에서 기도했다.

'첫 아이라 모르는 게 많습니다. 유치원에 합격만 시켜주신다면 앞으로 성당에 열심히 다니겠습니다.'

기도가 조건부였어서일까. 컴퓨터 추첨 결과는 불합격이었다. 내 주변 사람들 중에서 불합격은 나뿐이었다. 합격한 엄마들은 쾌재를 부르며 앞으로 뛰어 나갔고, 나만 덩그러니 남았다. 이게 뭐라고 눈물이 나올 것만 같았다. 잠시 후 불합격한 사람들은 대기자 추첨을 해야 하니 앞으로 나오라는 안내가 들렸다. 영혼은 이미 탈탈 털렸고, 온몸엔 흐물흐물 힘이 없었다. 가까스로 앞으로 나가 제비를 뽑았다.

"어머! 대기 1번이에요! 좋으시겠어요."

뒤에서 순서를 기다리던 엄마 한 명이 내 손에 쥐어진 번호를 보더니 부러운 듯 이야기했다. 그러는 동안에도 나는 여전히 얼떨떨했다.

"합격자 중 한 분이 바로 포기하셨어요. 이제 합격자 방으로 가시면 됩니다."

정신을 차리기도 전에 나는 합격자 방으로 이동하게 됐다. 입을 벌린 채 멍한 상태로 이동해서는 각종 서류를 작성했다.

합격 소식은 곧 집안의 경사였다. 정신이 들자 어깨춤이 절로 났다.

'경사 났네, 경사 났어!'

떨어졌다 붙은 거라 드라마도 이런 드라마가 없었다. 행복한 기분으로 주말을 맞이했다.

깜빡 잊고 있던 세 번째 유치원 추첨은 갈까 말까 하다가 가벼운 마음으로 아이와 친정엄마를 대동했다. 아이와 나는 2층에 올라가 있었고 친정엄마가 대신 공을 뽑기로 했다. 스포츠센터 내에 있는 유치원은 살짝 썰렁하고 널찍했다. 2층에서 아래를 내려다보니 친정엄마와 여러 어머니, 아버지들이 간절한 마음으로 다목적실에 모여 앉아 있었다.

"55번! 55번 어머니 나오세요."

아이와 대기실에서 놀고 있다가 익숙한 번호가 들려 설마 하고 내려다보니 무려 15대 1의 경쟁률을 뚫은 친정엄마가 내가 지었을 그 얼떨떨한 표정으로 우왕좌왕하고 있었다. 겹경사였다. 이제는 둘 중 어디를 선택해야 할지가 행복한 고민이었다. 내심 '성당 유치원' 쪽이었지만 그 무렵 받은 아이의 성향 테스트 결과와 전문가의 조언에 따라

'체육 유치원'에 다니게 됐다. 예상대로 꽤 오랜 시간이 걸렸지만 아이는 차차 적응해 나갔다.

그러다 문득 그날의 기도가 떠올랐다. 그러고 보니 '합격만 시켜주시면'이라고 했지 '그 유치원에 다니게 되면'이라고 가정한 게 아니었다. 나를 걸고 한 약속이면 모를까 아이가 개입되니 어쩐지 꼭 약속을 지켜야만 할 것 같았다.

그렇게 교리 수업이 시작됐다. 천주교인 후배로부터 프리랜서나 방송 종사자들에게 교리를 가르치시는 신부님 한 분을 소개받았다. 일주일에 한 번 회사 로비에서 만나 신부님의 말씀을 들었다. 여러 사람의 이야기를 들어주는 신부님은 내 성향을 단번에 알아챘다. 내가 눈치가 없는 것도, 생각이 많다는 것도 금방 알았다. 나는 그런 신부님께 마음이 열렸고 조금씩 속내도 털어놓을 수 있게 됐다.

"저는 운동을 열심히 해서 몸이 힘들 때면 벌을 받거나 속죄하고 있다는 느낌이 들어요."

"그렇게까지 생각하는 사람은 처음 봤어요. 현경 자매 때문이 아니에요. 모든 일에 자책할 필요 없어요."

신부님의 피드백을 들으며 나에 대해 곰곰이 생각하기 시작했다. 그리고 하기 싫은 이야기가 꼭 해야 할 이야기라는 생각이 들어, 조금이나마 입을 열 용기가 생겼다.

그런데 한번은 신부님께서 소위 잘나가는 후배 누구를 지목하며 "현경 자매는 그 자매에 비해 자신감이 떨어져 있는 것 같아요" 하셨다. 그날 나는 '자신감'에 관해 생각했다. 떠올려보니 후배 나이일 때는 나도 지금의 자신감 같지는 않았다. 적어도 20대 후반에는 이토록 가라앉아 있지 않았던 것이다. 그동안은 남의 말에 토를 잘 달지 않았다. 좀 아닌 것 같더라도 그저 받아들이며 아파했다. 그런데 처음 반박하고 싶은 기분이 들었다.

그 일이 있은 후 한참 지나서 신부님을 소개해준 후배와 신부님과 함께 점심 식사를 하게 됐다.

"신부님, 전에 자신감에 대해 해주신 말씀이요. 제가 생각해봤는데 그 친구랑 저는 나이대가 달라서 단순 비교하는 건 좀 맞지 않은 것 같아요. 저도 그 후배 나이에는 자신감이 꽤 있었던 것 같거든요."

느닷없는 내 이야기에 신부님은 아마 갑자기 무슨 말인가 싶었을 것이다. 하지만 또 단번에 알아듣고는 빙그레 미소를 지었다.

조금 민망하기도 했지만 처음으로 내가 내 편을 들어줬

다는 생각에 흐뭇했다. 첫 상대가 신부님이라 정말 다행이었다. 첫 도전에서 만약 "갑자기 무슨 엉뚱한 소리야" 같은 핀잔이라도 들었다면, 그 후로 내가 내 편이 되어주는 일은 요원해졌을지도 모른다.

누구에게는 아무것도 아닌 일이 누구에게는 더없이 힘든 일이기도 하다. 앞으로는 쉽게 사라지지 않고 마음에 무언가가 맺히면, 다소 '폼'은 안 나더라도 밖으로 조심스레 꺼낼 수 있을 것 같다. 아주 조금이나마.

소심한 내가

무례한 사람에게

대처하는 법

무례한 사람을 보면 누구나 화가 날 것이다. 나에게 무례하게 행동하는 건 당연하고, 남에게 무례하게 행동하는 모습을 보아도 인상이 찌푸려진다. 그런데 그 무례함에 대한 기준은 각자가 다르다. 어떤 사람은 무례하다고 생각하는 걸 다른 사람은 무례하지 않다고 생각할 수 있다. 때문에 이 불쾌감이 나의 예민함 때문인지, 아니면 보편적인 감정인지 판단이 잘 서지 않아 손톱 밑 가시처럼 꽤 오래 마음을 성가시게 하곤 한다.

매일 그렇듯 그날도 목욕 바구니를 들고 사내 피트니스 센터로 갔다. 지하 1층에 자리한 피트니스센터는 벌써 16년째 다니고 있는 곳이다. 목욕 바구니를 세면대 쪽에 두고 30분 정도 운동을 했다. 운동을 마치고 나와서 목욕 바구니 위에 올려놓은 수건을 가지러 세면대 쪽으로 향했다. 세면대 쪽에는 낯선 얼굴의 여성 둘이 바쁘게 머리를 말리고 있었다. 대개 오전에는 사람이 없었는데 웬일인가 싶었다. 그들은 샤워를 마치고 나와 옷까지 말끔히 갈아입은 모습이었다. '어! 수건을 분명히 목욕 바구니 위에 올려놓았었는데?' 어쩐 일인지 수건이 보이지 않았다. 게다가 목욕 바구니 속에 넣어둔 화장솜 수납통의 뚜껑까지 열려 있었다. 그리고 그 옆으로 방금 사용한 듯한 화장솜 두어 장이 축축해진 채 나뒹굴기까지 했다.

수건은 물론 센터 공용이었다. 샤워실 출입통로에 항상 충분한 양이 비치돼 있다. 내가 미리 챙겨다 놓은 거긴 하지만 깜빡 하고 챙기지 않아서, 또는 가까이에 새 수건이 있으니 무심결에 사용했을 수도 있다고 너그러운 마음으로 이해했다. 그런데 화장솜은? 그래 사실 그깟 화장솜 한 두 장 필요하면 살짝 써도 그만이다. 화장솜도 공용이라고 생각한 걸까? 공동으로 쓰는 세면대 쪽에 놓았으니 그렇게 생각을 했을지도 모르겠다. 그깟 화장솜 몇 장 쓴 거 그리 큰일도 아니다. 그런데 목욕 바구니의 주인인 내가 나타났으니 좀 다른 문제가 됐다.

'아! 모르고 그냥 꺼내 쓴 그 화장솜이 알고 보니 주인이 있는 물건이었구나'라고 깨달았다면 응당 '죄송해요. 제가 모르고 화장솜을 좀 썼어요'라고 말하는 게 인지상정 아닌가. 화장솜 몇 장 쓴 걸로 내가 화를 낼 것도 아니고. 오히려 "필요하시면 더 쓰셔도 돼요"라고 쿨하게 말해줄 수도 있었다. 그런데 이런 내 마음을 추호도 알 리 없는 그녀들은 짐짓 모른 체를 하며 도도하게 헤어드라이어로 찰랑거리는 긴 머리를 말리고 있다.

그런 당당함을 가만히 지켜보고 있자니 오히려 내가 더 당황스러워졌다. '개인용품을 여럿이 쓰는 세면대 위에 올려놓은 내 잘못인가?', '내가 지금 별것 아닌 걸로 너무 예민하게 구는 건가?' 오만가지 생각이 다 들었다. 아무리 그렇더라도 가만히 있는 건 아니다 싶어 드라이에 여념이 없는 그녀들 사이를 비집고 들어가서는 기어이 화장솜 수납통 뚜껑을 닫고, 다시 목욕 바구니 속에 넣었다. '이건 엄연히 내 거야. 썼으면 뚜껑이라도 닫아놔야지!' 그리고는 부러 수건 두 장을 들고 와 한 장은 다시 목욕 바구니 위에 올려놨다. '이 위에 있던 건 내가 챙겨놓은 수건이었어! 필요하면 직접 가져다 쓰고, 미처 가져오지 못해 급하게 쓴 거라면 다시 가져다놔야지!'라는 말의 대신이었다.

그다음 최대한 천천히 바구니에서 바디워시와 폼클렌징을 꺼냈다. '내가 계속 얼쩡거리는데도 끝까지 시치미네. 다시 확인시켜 줄게. 당신들이 쓴 건 내 거였어!' 그리고는 나머지 한 장의 수건을 챙겨 운동복 차림 그대로 샤워부스로 향했다.

샤워를 마치고 나와 보니 그녀들은 이미 가고 없었다. 그래도 세면대 위를 뒹굴던 젖은 화장솜은 치우고 간 모양이다. 아무 말도 못 할 거면서, 그런 몇 가지 행동으로나마 불쾌감을 표현한 나도 참 유치하고 소심하다. 그렇다고 그저 무심한 척, 대범한 척하며 조용히 넘어갔다면 원인 모를(사실은 아주 잘 아는) 불쾌하고 찝찝한 감정에 온종일 사로잡혀 있다가 자려고 누워서는 이불킥을 했을지도 모른다. 반대로 기분 좀 상했다고 순간적인 감정에 한마디를 했더라면 자칫 겨우 화장솜 몇 장 가지고 남을 의심이나 하는 사람, 다 같이 쓰는 수건 한 장에 파르르 떨면서 제 것인 양 따지고 드는 이상한 사람 취급을 면치 못했을 것이다. 얼굴이 벌겋게 달아오른 나를 과민한 사람으로 만들어버리고는 자기들끼리 나가면서 "뭐야 저 사람……" 하고 쑥덕거렸을 게 분명하다.

'이거 지금 나만 화나? 나만 예민해?' 문득 무례한 사람들의 사소한 행동들 ─ 운전 중 막무가내 끼어들기, 마트 계산대 새치기, 해외 여행 중에 받은 인종차별적 시선과 언동 등 ─ 에 대해 생각해본다. 그런 경험을 하는 순간에 나는 어떤 기분이 들고, 그럴 땐 어떻게 대처하는 게 좋을까.

하나, 무조건 꾹 참지는 말되, 감정을 드러낼 땐 신중하게

둘, 분노 또는 자책이나 무력감에 휘둘리지 않기

셋, 같이 흥분하거나 휩쓸리지 않고 자제력을 발휘한 나, 짜증을 엉뚱한 곳에 폭발시키지 않고 공중에 휘발시킨 나를 무조건 칭찬하기

언젠가 어느 책에서 보고 정리한 나만의 무례한 사람

대처법이다. 오! 그러고 보니 무례한 그녀들 덕분에 겨우
화장솜 두 장으로 거창한 깨달음을 득했다!

있잖아요
잘하는 거 하나쯤은
그래도 우리

중학교 3학년 여름방학 때였다. 그때만 해도 고등학교 진학을 위한 시험에 체력장이 포함되어 있었다. 나는 허리가 길어서 약간 유연하긴 했으나 운동을 그리 잘하는 편이 아니었다. 원하는 인문계 고등학교로 진학하기에 성적은 문제없었지만 부족한 체력장 점수를 끌어올릴 필요가 있었다. 그래서 나는 방학 내내 학교 운동장에 가서 체력장 연습을 했다. 오래전 일이라 기억이 가물가물하긴 한데 달리기는 타고 나야 한다는 생각에 지레 포기했고, 윗몸 일으키기는 집에서 연습해도 되니까 학교에서는 주로 철봉에 오래 매달리기, 공 던지기 연습을 했던 것 같다.

뜻이 있는 곳에 길이 있고, 하늘은 스스로 돕는 자를 돕는다고 하지 않나. 어느 날 운동장에서 열심히 땅으로 공을 내던지고 있는데 삼촌뻘 되는 아저씨가 다가왔다. 어린 눈에도 구릿빛 피부에 팔 근육이 탄탄하고 어깨도 강건해 보였다. 아저씨는 자신을 야구선수라고 소개했다.

"그렇게 던지면 멀리 못 날아가고 땅에 꽂혀. 어깨를 사용해서 크게 돌려봐. 나 하는 거 잘 봐. 이렇게……."

아마 열심히 팔만 돌리다가 공을 땅에 메다꽂는 내 모습이 보기 답답했나 보다. 아저씨는 어깨를 사용해 고무공이 포물선을 그리며 날아갈 수 있게 하는 방법을 알려줬다. 그날부터 내 투구법이 달라졌다. 팔만 휘두르던 때와 달리 몸을 약간 뒤로 젖혀 어깨를 활용했고, 점차 상체 전부와 디딤발까지 온몸 전체를 쓸 수 있게 됐다. 던지자마자 땅으로 고꾸라졌던 공이 조금씩 긴 포물선을 그려 나갔다.

방학이 끝나고 청명한 초가을 날이었다. 체육시간 때마다 체력장 준비가 한창이었다. 마침 우리 반은 이쪽 끝과

저쪽 끝 두 무리로 나뉘어 공 던지기 연습을 했다. 다들 고만고만한 실력이라 반대쪽에 서 있는 아이들도 그리 멀리 떨어져 있지는 않았다. 아무리 힘껏 던져도 공이 멀리 나가지는 않았기 때문이다. 그때였다.

"조심해!"

파란 공이 포물선이 아닌 일직선을 그리며 내 눈앞으로 곧장 달려들고 있었다. 만화 〈피구왕 통키〉에서 통키가 던진 불꽃슛처럼 공이 이글거리며 위력적인 속도로 날아오고, '슈슈슉' 같은 만화 자막이 보이고 들리는 듯했다. 너무 순식간이라 미처 피할 시간이 없었다. 그런데 그 순간 작고 파란 공이 내 눈앞에서 배구공만 하게 커졌다. 나도 모르게 제자리에서 팔을 뻗어 정면으로 날아오는 공을 한 손으로 움켜쥐었다.

"와!"

아이들이 탄성을 지르며 눈을 동그랗게 떴다. 나는 쑥스러워서 공을 곧장 반대편으로 다시 던졌다. 아무렇지 않은 척했지만 정면으로 날아오는 공을 본능적으로 잡은 기억은 내게 큰 자신감으로 돌아왔다.

'어머! 내가 공을 이렇게 잘 잡았나? 공 던지기 연습을 열심히 해서 그런가 봐! 나도 잘하는 게 있었어!'

결국 우리나라 또한 '그럼에도 불구하고'라는 수식
어를 더 많이 붙여가며 우리만이 잘할 수 있는 무언
가를 찾고자 더욱 노력하는 것이 중요하다는 생각
이 든다. 그것은 우리 청춘들의 숙제이기도 하다.(《열
한 번째 도끼질》, 이소연 지음, 프롬북스, 32쪽)

그리고 결국 체력장 날, 내가 던진 공이 여학생들 중에
서는 가장 긴 포물선을 그렸다. 기대 없이 적당한 위치에
서서 기록 체크를 하려던 선생님은 내가 던진 공을 따라 뒤
로 다급히 뛰어가야 했다.

돌아보면 내 인생에서 그 시절이 가장 재미있고 좋았던
최전성기가 아니었나 싶다. 다행히 고등학교에 올라가서
도 내 공 던지기 실력만큼은 줄지 않았다.

누구에게나 '내가 왕년에……'로 시작하는 '리즈 시절'
이 있다. 그 시절을 회상할 때는 너나 할 것 없이 모두들 마
치 꿈꾸는 듯한 표정이 된다. 더없이 충만한 자신감과 자
존감으로 무장을 하고, 누구보다 빛나던 시절. 그런 시절에
얻게 된 깨달음이랄까 교훈은 때때로 평생의 방향이 된다.
나 역시 그런 시절이 있었다. 그때 내가 깨달은 건 '노력하

면 웬만큼은 된다'였다. 그때는 몰랐지만 지금은 안다. 그
말이 내 평생의 방향이 되어주었고, 앞으로도 그렇게 되리
라는 것을. 좋을 땐 좋은 걸 모른다더니 전성기가 너무 일
찍 왔다가 가버렸다.

날마다 새롭게

복역 중인 죄수가 소설가 이외수 씨에게 물었다.

"나도 살 자격이 있을까요?"

이외수 씨는 이렇게 대답했다.

"그럼요, 자격 있습니다."

그러면서 무려 999명을 살해한 앙굴리 말라라는 사람이 부처님을 만난 일화를 예로 들었다.

"저 같은 살인자도 살아갈 자격이 있나요?"라는 말라의 질문에 부처는 답했다.

"물론. 깨닫기 전의 삶은 다 전생입니다."

반성하는 순간 삶은 다시 시작된다는 의미였다.

흔히 오늘을 가리켜 '내 남은 생의 가장 젊은 날'이라고 한다. 누구든 공평하게 매일매일 새로운 하루를 선물 받는다. 그리고 그 선물은 매일 달라진다. 어떤 날은 화려하고 예쁘긴 하지만 나와는 걸맞지 않아 다소 부담스럽기도 하고, 어떤 날은 잔뜩 기대했지만 겉만 번지르르했지 알맹이는 없어 실망하기도 한다. 있어도 그만 없어도 그만인 보잘것없는 사은품 같은 날이 있는가 하면, 옛날 TV 예능 프로그램인 〈가족오락관〉 속 폭탄 돌리기처럼 얼른 남에게 떠넘겨버리고 싶은 폭탄 같은 날도 있고, 지나고 생각해도 부르르 치가 떨려 그만 잊고 싶은 지옥 같은 날도 있다. 크리스마스 이브에 산타클로스가 가져다주는 선물 같은 하루는 일 년에 한 번 있을까 말까다. 그만큼 마음에 쏙 드는 24시간을 만나기는 그리 쉽지 않다.

새 사랑을 맞으려면 내가 새것이 되어야 해요. 내가

옛 사랑에서 못 벗어나고 헌 사람인 채로 있으면 안 옵니다. 내가 새 인간이 되어야만 새 사랑이 오는 거예요. 우리는 사실 해가 바뀌면 만날 새해라고 하는데, 내가 새것이 되지 않으면 새해는 안 옵니다.(《마지막에는 사랑이 온다》, 박상미 지음, 해냄, 284쪽)

마음에 들지 않는 하루를 선물 받았다고 해서 "택배비는 물 테니 좋은 하루로 교환해주세요!"라고 할 수는 없다. 세상을 바꾸긴 어려우니 내 마음을 바꿔야 한다. 부담스러운 하루였다면 좋은 경험을 해본 날로, 실속이 없어 허무했던 하루는 실속 있는 내일을 예약하는 날로, 사은품 같은 하루는 범사에 감사하는 날로, 폭탄을 맞은 하루는 반성하는 날로, 치욕스러운 하루는 더 강해지기로 결심하는 날로 삼는 것이다.

그리고 깨닫기 이전의 삶은 모두 전생이라고 했던 부처님 말씀을 떠올려보자. 전생이 정말 있는지 없는지는 모르겠다. 전생이 있다고 해도 전생을 기억하는 사람은 거의 없을 것이다.

1분 전도 과거는 과거다. 과거의 기억을 반성하고 전생으로 흘려 보내는 순간, 나는 새로운 나로 리셋 된다. 새 술을 새 부대에 담듯, 새로운 날은 새롭게 맞이하는 게 옳다.

내일은 내일의 태양이 뜬다.

먹겠습니다

탕수육

저는

20세기에는 상사와 점심을 먹으러 가면 암묵적인 룰이 있었다. 되도록 높은 사람이 먹는 것과 동일한 것을 주문하거나 최소한 그 아래로 가격으로 맞출 것. 그때는 중국집에서 상사가 "난 자장면" 하면, 그 뒤로 나올 수 있는 대답은 "저도요"밖에 없었다. 그럴 때 "저는 탕수육 먹겠습니다"라고 하려면 눈총 받을 각오를 해야 했다. 가자고 하면 어딘지 몰라도 따라 나섰고, 마시라고 하면 사랑니 발치 직후를 제외하고는 마셔야 했다.

그런데 요즘은 세상이 달라졌다. 어느 라디오에서 들으니 면요리만 고집하는 상사에게 불만을 느낀 팀원들이 건의해서, 요일별로 돌아가면서 메뉴 담당자를 지정하기로 했단다. 해당 요일이 되면 차례가 된 직원이 먹고 싶은 메뉴를 고르도록 한 것이다. 사람마다 먹고 싶은 게 다를 수 있고 그날의 메뉴를 돌아가면서 결정하니 참으로 현명한 방법이다.

아무래도 외국은 좀 더 개인주의적인 성향이 강할 거라는 생각이 있어서 당연히 우리보다 개성과 다양성을 존중하는 줄 알았다. 그런데 꼭 그런 것만은 아닌가 보다. 한 오디션 프로그램에 참가한 영국 소년은 힙합이 아닌 클래식을 좋아한다는 이유로 친구들로부터 왕따를 당했다고 했다. 그리고 미국에서는 남자 무용수들이 자신들의 직업을 향한 곱지 않은 시선과 편견에 항의하기 위해 한꺼번에 뉴욕 타임스스퀘어 광장에 모인 적도 있다. 그들은 피켓을 드는 대신 자유로운 춤으로 우아한 시위를 펼쳤다.

이처럼 틀린 것이 아니라 다른 것뿐인데 가해의 이유가 될 때가 있다. 사람들은 관심사나 생각이 조금 달라서, 평균보다 작거나 커서, 외모가 독특해서, 움직임이 너무 느리거나 빨라서, 옷을 남들처럼 입지 않아서 등의 이유로 까다롭다, 별스럽다, 이상하다, 튀려고 애쓴다 같은 제멋대로의 평을 아무렇지도 않게 갖다 붙인다. 그렇게 마음대로 정한 보통의 기준을 충족시키지 못했을 때 돌아오는 비난은 그저 순순히 받아들여야 하는 걸까.

직업군별로도 이런 편견이 존재할 것이다. 아나운서들 사이에서도 마찬가지다. 아나운서는 매일 아침 '믹스커피' 대신 '블랙커피'를 마셔야 한다. 아나운서가 좋아하는 음식이 '순대'라면 곤란하다. 아나운서는 가장 감명 깊게 본 영화가 〈트랜스포머〉여서는 안 된다. 아나운서는 어떠한 상황에서도 버럭 하지 않고 일정한 톤의 바르고 고운 말을 써야 한다.

사실 달달하고 부드러운 믹스커피든 알싸하고 구수한 블랙커피든 각성 효과는 마찬가지다. 〈트랜스포머〉는 지금까지 아이들 장난감으로만 여겨졌던 '변신로봇'의 위상을 한껏 상향 조정했다. 어쩌라고. 순대는 내 영혼의 음식이다. 특히 간은 눈에도 좋다. 나는 일주일에 한 번씩 오는 푸드 트럭 '순대포착'을 매주 기다린다. 그리고 '버럭'을 통해서 나는 복식 호흡의 이치를 저절로 깨쳤다(미안해, 아들).

초고추장에 찍어 먹든, 고추냉이를 섞은 간장에 찍어 먹든 회를 먹는 방법은 먹는 사람 마음이다. 부어 먹든 찍어 먹든 탕수육 소스는 언제나 맛있다. 굳이 너는 이래야 한다고, 왜 나 같지 않느냐고 따지지 말자. 뒤에서 손가락질하거나 옆에서 수군거리나 앞에서 빤히 쳐다보지 말자. 본인의 삶을 그냥 자기만의 방식대로 알아서 즐기게 놔두자. 내게 큰 피해만 없다면.

나와 다른 사람 몇 명 좀 있다고 세상이 전복되거나 각자의 자리가 위태로워지지 않는다. 그리고 솔직히 말해 그 사람에 대해 그리 깊이 생각도 안 하지 않는가. 뒤돌아 서면 내가 좋아하는 것, 내가 아끼는 것, 나랑 맞는 것들에 대해 생각하느라 바쁘지 않은가. 또 따지고 보면 우린 모두 서로가 서로에게 다른 존재다.

찾
아
서

책
을

인
생

책을 읽지 않는 사람은 질문이 없어진 상태예요. 호

기심이 사라졌다면, 이미 삶이 소멸되고 있는 것입

니다. 마음만 먹고 행동하지 않으면 세상의 변화가

시작되지 않아요. (《독습, 책을 지적 자본으로 바꾸는 10가지 습관》, 윤

영돈 지음, 예문, 199쪽)

이 문장은 지금까지 80여 권의 책을 저술하고 번역해 '지식생태학자'로 불리는 유영만 교수가 책을 어떻게 고르느냐는 저자의 질문에 먼저 서점으로 가보라고 답하며 덧붙인 내용이다. 저자가 그런 그에게 가슴 뛰는 책과의 만남이 있었느냐고 묻자 의외의 대답이 나왔다.

"젊을 때 우연히 만난 책이 가슴을 뛰게 만들었습니다. 바로 고시 수기집이었습니다."

사법시험에 합격한 체험기가 담긴 책을 일터에서 운명처럼 발견한 공고 졸업생은 다니던 회사를 그만두고 사법시험 공부를 시작했다고 한다. 하지만 내 길이 아님을 깨닫고 책을 모두 불태운 뒤 대학에 진학해 교수가 되었다.

《나는 한 번 읽은 책은 절대 잊어버리지 않는다》를 펴낸 카바사와 시온은 하루에 한 권씩 책을 읽고, 일 년에 세 권의 책을 내는 정신과 의사다. 학창시절에는 책 읽기를 끔찍이도 싫어해 소위 '국포자(국어포기자)'였다. 하지만 친구가 "이거 재미있는데 한번 읽어봐"라고 해서 반강제로 SF소설을 읽은 뒤로 독서의 재미에 푹 빠져 책에 몰두하기 시작했다. 그리고 그는 지금 일본에서 '독서의 신'으로 불린다. 그의 인생을 바꾼 책은 SF소설이었던 셈이다.

유명한 독서가들이 꼽은 인생 책이 고시 수기집이나

SF소설이라니 의외다. 고시 수기집이나 SF소설을 무시해서 하는 말은 절대 아니다. 그냥 왠지 '내 인생을 바꿔놓은 책'이라고 하면 뭔가 거창하고 심오하며 누구나 한번 들으면 고개가 저절로 끄덕여지는 책이어야만 한다는 선입견이 있었다.

낭독 팟캐스트를 시작한 내게 인생 책이 없다는 건 콤플렉스였다. "그동안 읽은 책 중에 특별히 기억에 남는 책 있어요?"라고 누군가 물으면 뭐라고 해야 할까. 아직 누가 묻지도 않은 이 가상의 질문에 대한 답은 이미 정해져 있었다.

"아, 그럼요. 여러 권 있는데 그중에서 몇 권만 꼽자면 칼 세이건의 《코스모스》, 단테의 《신곡》, 유발 하라리의 《호모 사피엔스》, 제레드 다이아몬드의 《총, 균, 쇠》 정도?"

물론 겉멋만 잔뜩 든 준비된 대답이었다. 독서가들이 말하는 독서의 단계를 보면 베스트셀러에서 스테디셀러로, 인문, 철학, 교양 도서에서 결국은 고전으로 향해 가게 된다고 한다. 그들에 비하면 나는 아직 얕고 낮은 수준에 머물고 있는 것 같다. 그런 자격지심이 만들어낸 대답이다. 인문, 교양, 고전 도서들 중 대부분은 분야별 최고의 책들이기도 하지만 가장 읽고 싶은 책이기도 하다. 그만큼 완독한 독자들이 많지 않다는 이야기다. 나처럼 시작할 엄두조차 내지 못하는 사람들도 어딘가에 많이 있을 것이다.

그런데 갑자기 툭 고시 수기집과 SF소설이 나온 것이다. 독서가들의 솔직한 답변에 나는 조금 부끄러워지기도 안심이 되기도 했다. 솔직하게 나 스스로를 돌아볼 생각을 하기보다 있어 보이는 답을 준비했으니 말이다. 인생의 터닝 포인트가 된 책이 꼭 어렵고 두꺼울 필요는 없다는 걸 알게 됐으니 이제서야 편하게 그리고 진솔하게 내가 읽은 책들을 곱씹어볼 수 있을 것 같다. 그리고 아직 만나지 못했으면 또 어떠랴. 앞으로 얼마든지 기회가 있다.

수기집과 소설에는 우리 사는 모습과 별반 다르지 않은 고민이 녹아 있다. 아이와 함께 읽는 원고지 20~30매 길이의 동화책도 깊은 울림을 준다. 심지어 화장실 벽에서 만난 격언이나 명언, 어른들이 자주 쓰는 옛 속담에도 번뜩이는 통찰이 스며 있다.

한 군데라도 밑줄을 그을 수 있다면 책값은 건진 것이라고 했다. 인생 책이 아직 없을 수도, 오직 하나일 수도, 이미 여럿일 수도 있다. 책장을 넘길 수 있는 정도의 공간과 잠깐의 시간, 그리고 그 시간을 책에 내어줄 마음만 있으면 언제 어디서나 책 읽기는 가능하다.

"세상에 나쁜 책은 없어요. 단지 그것을 바라보는 사람이 나쁠 뿐이죠."(199쪽)

자, 이번 주말에는 인생 책을 만나러 서점부터 가볼까?

위험해　안도　이불

《집만큼 위험한 곳이 없다》라는 책의 제목을 보고 예전에 보았던 영화 〈파이널 데스티네이션〉이 떠올랐다. 이 영화는 비행기를 타려던 주인공이 비행기가 폭발하는 강렬한 환영을 보고 친구들까지 억지로 내리게 하는 장면에서 시작된다. 그렇게 가까스로 목숨을 건진 사람들은 운명을 속인 대가로 시시각각 다가오는 죽음을 피해 도망을 다니기 시작한다.

그 사람들 중 한 명이 선택한 방법이 바로 집에만 있는 것이었다. 그는 죽지 않기 위해 밖으로 한 발자국도 나가지 않았다. 창문을 잠그고, 커튼을 치고, 문을 이중 삼중으로 닫아걸었다. 그는 과연 죽음을 피할 수 있었을까? 20년 전 영화라 가물가물하긴 하지만 가스레인지를 사용하다 실수로 집에 불이 나 죽게 됐던 것으로 기억한다. 집조차 안전하지 않더라, 라는 영화의 교훈은 알겠으나 '집만큼 위험한 곳이 없다'라는 말은 나 같은 '집순이'에게 위협적이기까지 하다. 자고로 이불 밖이 위험한 법 아닌가? 하긴 영유아에게 일어나는 안전사고 대부분이 집 안에서 벌어진다고 하니 집도 결코 안전하지만은 않다는 건 명백한 사실일지도 모르겠다.

물론 이 책에서 이야기하는 집은 안락하고 따뜻한 안식처로서의 집을 의미하지는 않는다. 무사안일주의, 의미 없이 뒹굴거리면서 나의 귀차니즘만 탓하는 찌질함을 말하는 것이다. 은퇴 후 젖은 낙엽처럼 바닥이든 소파든 붙어 있는 이른바 '삼식이' 남편을 향한 아내의 준엄한 경고일 수도 있다. 집에만 있으면 밀린 잠을 실컷 자고, 보고 싶지만 바빠서 볼 수 없었던 드라마를 볼 수도 있다. 충전을 위한 쉼은 당연히 필요하다. 쉬는 시간으로 쌓여 있는 스트레스를 날려버릴 수만 있다면 얼마든지. 하지만 기약 없는 쉼, 오히려 스트레스가 쌓이는 쉼은 나를 충전시키는 것이 아니라 방전시킨다. 전자제품도 너무 오래 방전되면 고장 나버린다. 그러니 돌아올 따뜻한 집이 있다는 힘으로 내키지 않더라도 밖을 나서야 한다. 일단 한 발짝 내디디면 집에서와는 다른 공기가 또 다른 느낌을 가져다준다는 걸 우리는 이미 알고 있다.

일단 집을 떠나야 뭔 일이라도 생기는 것이다. 마치 항구에만 머물러 있는 배가 문제가 있는 것처럼 배는 항해를 위해 존재한다. 잘 나가는 사람이 잘나가는 것이다. 소위 자신의 분야에서 성공하거나 사회적으로 인정을 받아 활동이 많은 사람에게 우리는 '잘나간다.'는 표현을 쓴다. 무의식적으로 이 말을 자주 사용해왔는데 곰곰이 생각해보니 이 표현의 유래가 바로 '집에서 잘 나가는 사람'이라는 생각이 든다. 집은 오래 있기에 적절한 곳이 아니다.(《집만큼 위험한 곳이 없다》, 김동현 지음, 북스토리, 58쪽)

그렇다고 나가서 일을 하라는 건 아니다. '워라밸(일과 생활의 밸런스)'이 당연시된 지 오래라, '워커홀릭'은 더 이상 칭찬이 아니다. 너무 일만 하는 것도, 너무 집에만 있는 것도 좋지 않다. 즉, 한 곳에만 있지 말라는 것. 이 책에서는 장소에 갇히면 생각도 갇히며 장소를 비틀고 확장하면 생각도 그렇게 된다고 말한다. 마음 맞는 사람과 카페에 가거나, 소모임, 동호회를 통해 활력을 채우라고 권하기도 한다.

《2020년 운명을 읽는다》(김두규 지음, 해냄)에서는 노년층의 개운 비법으로 박물관과 도서관을 가보라고 조언한다. 새로운 곳에 가면 의외의 행운을 만날 수 있을 것만 같은 기대감이 생긴다. 설사 그렇지 않더라도 최소한 관련 상식과 생각하는 힘을 키울 수는 있을 것이다. 오라는 데가 없더라도 갈 데를 많이 찾아보자. 의외로 좋아하는 장소와 잘 맞는 취미를 발견하게 될지 모른다. 그렇게 새로운 꿈과 희망을 만나게 될 수도 있다. 집에만 있다고 달라지는 건 아무것도 없다.

물론, 전염병이 창궐하는 때에는 사회적 거리두기를 엄중히 지켜야 한다.

세월은 혼자 흐르지 않는다

한때는 세상이 참 가혹하다고 느낄 때가 있었다. 삶은 힘 낼 힘이 없는데 힘을 내라 재촉하고, 있는 힘을 다하고 있는데 왜 죽을 만큼이 아니냐며 채찍질했다. 최선을 다해도 최고가 아니라고 질책할 때면 빵 한 덩이 훔친 죄로 5년형을 선고받은 장발장의 기분을 어렴풋이나마 알 것도 같았다. 모든 걸 놓아버리고 싶기도, 자다가 벌떡 일어나 이불에 얼굴을 파묻고 대성통곡하고 싶기도, 길을 걷다 툭 하고 퓨즈가 끊어져 스러져버릴 것 같기도 했을 것이다.

남에게 향했던 원망이 결국 나에게로 되돌아올 때, 참을 수 없는 자책과 후회로 기억상실에라도 걸리고 싶은 순간. 잘못된 선택이 화를 자초하고, 인생을 엉망으로 만들고, 주변까지 근심케 해서 자신을 도저히 용서할 수 없을 것 같았던 순간. 지우개로 싹싹 지우고, 가위로 싹둑 잘라내고, 삽으로 푹 떠내버리고 싶은, 그런 세월이 있었다는 것조차 부정하고 싶었던 인생의 어느 시기를 건너 지금 여기까지 와 있다.

> 세월은 그냥 흘러가버리지 않습니다. 어딘가에 차곡차곡 쌓입니다. 쓸모없는 세월은 없습니다. (《쓸모없는 세월은 없다》, 이영만 지음, 페이퍼로드, 20쪽)

그러나 그토록 고개 돌려 외면하고 싶은 그 삶의 조각도 결국 나의 일부였다. 암흑의 시기, 잃어버린 세월이라 여겨졌는데 내 일처럼 아파해준 가족이 있었고, 말없이 지켜봐준 동료들이 있었다. 끊임없이 시곗바늘을 되돌리고 싶었던 그 고통의 시간조차 나는 멈춰 있지 않았다. 조금씩 방법을 모색하고 해결책을 찾기 위해 애썼다. 허비했다, 쓸모없다 여긴 그 시간 동안 자신을 되돌아봤고, 다른 이들의 아픔도 조금씩 보이기 시작했다. 과거의 어리석음에 발목 잡혀 오랫동안 너덜너덜했지만 실패를 거울 삼아 끝끝내는 반짝일 수도 있음을 알게 됐다. 값비싼 대가를 치르고 돌고 돌아서 왔다.

　그때의 나 같은 사람이 이 글을 읽고 있다면 부디 우리 한번 믿어보자, 세월의 힘을.

인 열 결
생 린 말
은

자신을 예순의 귀여운 할머니라 칭하는 《살아 있는 한, 누구에게나 인생은 열린 결말입니다》의 저자 강의모는 방송작가다. 한 번도 같이 프로그램을 한 적은 없지만 푸근하고 따뜻한 성품에 반해 함께 밥도 먹고 고민도 털어놓으며 친언니처럼 여겼다. 그녀의 모습과 닮은 책이 나와서 '읽으며 익어간' 그녀의 인생을 따라가 봤다.

삶은 만만해졌다 싶으면 곧 막막해지고, 막막해서 주저앉고 싶으면 다시 만만한 구석이 보인다. 그래서 계속 산다. 계속 살아낸다.《살아 있는 한, 누구에게나 인생은 열린 결말입니다》, 강의모 지음, 목수책방, 182쪽)

어딘지 모르게 둔탁하고 미련한 느낌이 드는 나, 탄탄한 평지를 매끄럽게 달리기보다 비포장도로에서 헛바퀴 돌리는 나에 비하면 '삶의 막막함과 만만함 사이'를 진득하게 오간 언니는 훨씬 성숙하고 안정감 있었다.

'꾸역꾸역'은 내 삶의 모토다. 사전적인 뜻은 음식 따위를 한꺼번에 입에 많이 넣고 잇따라 씹는 모양, 한군데로 잇따라 많은 사람이나 사물이 몰려가거나 들어오는 모양, 연기나 김 따위가 많이 계속 나오거나 생기는 모양이다. 탁월하지는 못해도 끈기 있는 모습에서 '꾸역꾸역'이라는 말에 동질감을 느낀 것 같다. 잘하지는 못해도 계속하는 건 자신이 있어서 나는 뭐든지 꾸역꾸역 해보려고 했다. 그렇게나마 가정과 사회에서 지치고 바닥난 자존심을 조금이나마 끌어올리느라 애쓰고 있었다.

그중에서도 최고의 꾸역꾸역은 책 읽기였다. 이것저것 읽다 보니 직장에서 점점 뒤로 밀리는 나도, 언제 끝날지 모를 시름도 잊게 됐다.

사내 동호회에 꾸역꾸역 나가 색다른 재미도 만났다. 줌바, 로잉머신, 타바타, 미술 동호회 등등. 여기저기 찔러 보니 새로운 세상들이 열리고 인사만 나누던 사우들과도 교류가 생겼다.

집에서도 꾸역꾸역 놀면 뭐하냐는 심정으로 사부작 댔다. 벽을 보며 108배도 하고, 틈나는 대로 유튜브 강연이나 오디오북을 들었다. 자면서도 이어폰을 꽂았다. 세상에는 내가 넘볼 수 없는 각 분야의 고수들이 정말 많았다. 침대에 앉아 책을 읽으며 밑줄을 긋고, 떠오른 생각들을 메모하고, 블로그와 SNS에 올리다가 유튜브로 기록을 남겼다. 그러다 도전한 꾸역꾸역 작가 되기.

'내가 쓴 글이 단 한 명에게라도 공감을 얻을 수 있을까?'

'실오라기 하나 걸치지 않은 내 모습을 그대로 드러내면 나중에 너무 창피하지 않을까?'

'공연히 주위 사람들에게 상처나 피해가 되는 건 아닐까?'

지금도 머릿속에서는 끊임없이 의심하고 있다. 하지만 머리를 믿기보다는 진득한 엉덩이를 믿어보려 한다.

《살아 있는 한, 누구에게나 인생은 열린 결말입니다》는 열심히 살려고 애쓰는 네 마음 내가 안다고 부드럽게 어루

만지는 것 같다. 인정받고 칭찬받으려 분투하지 말고 이제는 여유를 가지라고 가볍게 토닥이는 것 같다.

> 조급증에 빠진 사람들에게 '인생은 속도가 아니라 방향'이라고 충고한다. 그렇다면 방향을 잡는 것도 서두를 일이 아니다. 헤매는 것이 인생이다.(175쪽)

어떻게 하든지 꾸역꾸역, 지속하면 어떻게라도 하겠지.
어떻게 되든지 꾸역꾸역, 지속하면 어떻게라도 되겠지.
작가의 말대로 살아 있는 한, 누구에게나 인생은 열린 결말이다. 이왕이면 그 후로 오랫동안 행복하게 살았다는 해피 엔딩을 향해 뚜벅뚜벅 걷고 싶다. 주름 생기니까 인상 쓰지 말고 언니처럼 한결같은 미소로 느릿느릿 가고 싶다.

Part 5.

인정받고

싶은 만큼

인정해주는 연습

마음
양
보
하
는
기
꺼
이

아들은 친구들을 참 좋아한다. 성격도 다행히 나와 정반대로 외향적이다. 유치원 졸업이 얼마 남지 않았을 무렵에는 친구들과 헤어지기 싫다며 밥을 먹다가도 닭똥 같은 눈물을 뚝뚝 흘렸다. 유아체능단 버금가게 체육활동이 많은 유치원이라 온갖 종류의 운동을 할 수 있고 친선대회도 많았는데 아이의 관심은 오로지 친구들과 인사하고 노는 것뿐이었다. 언제 어디서나 친구들을 죽 둘러보고 한 명 한 명 반갑게 인사하러 다니는 모습은 흡사 선거철 정당 후보들 만큼이나 분주하다.

그렇게 친구들을 좋아하다 보니 아이는 친구들의 웬만한 부탁은 거절하는 법이 없다. 아이가 다닌 유치원은 스포츠센터에 달려 있어서 여름방학에도 수영을 등록했다. 수영 수업에는 같은 반 친구들도 많았다. 하루는 아이가 친구들에게 보여줄 거라며 외계인에 관한 책을 들고 수영 수업에 갔다. 나는 수영모자와 수영복을 담은 비닐가방, 아이가 마실 물과 간식을 싸 들고 아이 뒤를 따랐다. 아이는 친구가 보이자 들고 온 책을 친구에게 보여줬다.

"이거 되게 재미있어. 너도 한번 읽어봐."

"그래? 읽어볼래."

친구가 근처 의자에 걸터앉아 책을 읽기 시작하자 아이의 얼굴에 흐뭇한 미소가 번졌다.

"내 수영 가방 들고 있어!"

아무렇지도 않게 자기가 책을 읽는 동안 수영 가방을 들라는 친구의 말에 아이는 친구의 수영 가방을 받아들고 옆에 우두커니 서 있었다. 앉아서 유유히 책을 읽고 있는 친구와 그 옆에 친구의 가방을 든 채 선 아이, 그리고 아이의 가방을 들고 있는 나까지. 이게 뭔가 싶으면서 은근 부아가 나서 아들의 손에 들려 있는 친구의 가방을 빼앗아서는 책을 읽고 있는 친구 옆에 내려놓았다.

비슷한 일은 또 있었다. 그 스포츠센터는 동네 주민들의 건강 증진을 위해 골프, 수영, 볼링, 테니스 등 여러 가지를 두루 배울 수 있게 돼 있다. 그중에서도 골프연습장은 수영장 바로 옆에 있어서 수영 수업을 마친 아이들이 어른들의 골프 치는 모습을 신기한 듯 구경하곤 했다. 아이도 구경하고 싶다고 해서 의자에 앉아 보고 있는데 다른 친구가 아이에게 다가왔다.

"나 앉아야 하니까 좀 비켜!"

그러자 아들은 얼른 자리를 양보하더니 의자 옆에 물건을 놓아두는 자그마한 공간으로 옮겨 앉았다. 친구의 한마디에 플라스틱 의자도 아닌 좁고 차가운 스테인리스 바닥에 비켜 앉은 아이의 모습은 엄마 입장에서 썩 기분 좋지 않았다.

유치원 담임 선생님의 이야기도 왠지 마음에 걸렸다. 아이가 유치원에서도 남자아이들보다는 여자아이들과 어울려 소꿉장난을 많이 하고, 주로 아빠나 오빠 역할을 한다는 것이다. 여자아이들과 어울리는 건 좋지만 상대적으로 남자 아이들과는 잘 어울리지 못하고 있는 건 아닌지, 아이들의 부탁을 거절 못하고 심부름만 도맡아 하고 있는 건 아닌지 걱정됐다. 유치원에서 한 친구가 "얘는 참 바보 같애"라고 했던 말도 신경이 쓰였다. 그 말을 멀뚱히 듣고만 있는 아이에게 "가만히만 있지 말고 아니라고 말해야지" 했더니, 아이는 "그렇게 말하면 친구가 속상해할 것 같아" 하면서 친구가 듣기 싫어할 소리는 하기 싫다고 했다.

초등학교 입학을 앞두고 있던 때라 입학 후에 혹시 친구들 사이에서 놀림을 받거나 소위 '왕따'를 당하는 건 아닐까 하는 걱정이 앞섰다.

> 신뢰는 재테크와 같다. 기버giver는 평소에 계속해서 신뢰를 저축하지만 테이커taker는 신뢰의 마이너스 통장을 개설했기 때문에 나중에 기버는 꺼내 쓸 신뢰가 많지만, 테이커는 전혀 없고 오히려 이자를 더 내야 할 상황이 될 수 있다. 기버의 인맥관리를 잠깐 보면 손해 볼 것 같지만, 장기적 관점에서 보면 테이커와 비교할 수 없을 만큼의 이득이 있는 것이다.(《완벽한 공부법》, 고영성, 신영준 지음, 로크미디어, 279쪽)

아이 아빠와 마트에서 장을 보며 이런 우려를 털어놓았다. 아이가 장난감 코너에 빠져 있는 동안, 카트에 물건을 가득 채운 남편이 생각지도 못한 답을 내놓았다.

"우리가 걱정할 건 그 부분이 아니야. 걱정스러운 건 오히려 당연한 듯이 자기 짐을 들고 있으라고 친구에게 명령하는 아이고, 친구에게 자리를 비키라고 하는 아이지. 요즘 아이들은 부모들이 뭐든 다 해주기 때문에 자기가 뭘 잘못했는지도 모르는 게 문제야. 그렇게 양보하라고 가르치기도 힘든데 우리 아들은 잘하고 있는 거지. 잘 크고 있어……."

이기적인 엄마에게는 부끄러워지는 대답이었다. '빵 셔틀'이니 '왕따'니 하는 무서운 말들이 난무하는 정글 같은 학교에서 행여 내 아이만 마음을 다칠까, 내 아이만 손해를 보는 게 아닐까 지레 고심했는데 쓸데없는 기우였다. 내 아이만 바라보지 말고 다른 아이들도 생각해보라는 따끔한 조언에 본심을 들켜버린 것 같아 얼굴이 붉어졌다.

《완벽한 공부법》을 보면, 와튼 스쿨의 조직심리학 교수 애덤 그랜트는 사람들의 행동방식을 세 유형으로 구분한다. 손익을 따지지 않고 베푸는 기버, 상대로부터 이익과 이득만 얻으려 하는 테이커, 그리고 받은 만큼만 돌려주려

하는 매처^{matcher}다. 나를 비롯해 대다수 사람들이 아마 매처일 것이다. 성공의 관점에서 볼 때 기버는 이른바 '모 아니면 도'라고 한다. 마냥 퍼주기만 하다가 폭삭 망할 수도, 퍼주면서 '윈윈^{win-win}' 할 수도 있다. 그리고 의외로 세 부류의 사람들 중 가장 성공한 사람들이 대부분 기버였다는 결과는 눈여겨볼 만하다.

성공은 차치하더라도 인간관계는 그렇게 받은 만큼만 줄 수 있도록 계산이 딱딱 떨어지지 않는다. 주는 만큼만 받을 수 있게 측정가능한 도구가 있는 것도 아니다. 부부, 가족, 친구, 직장 동료 등 모든 관계가 마찬가지다. 지는 게 이기는 거고, 줄수록 내 마음은 부자가 되고, 기버가 많을수록 세상은 더 살 만하고 아름다워진다는 걸 머리로는 알면서도 내 자식만은 예외이기를 바랐다. 나처럼 삭막한 매처는 아무래도 앞으로도 계속 반성이 필요할 것 같다. 성씨 다른 가족에게 이번에도 한 수 배운다.

공
감
에
서

시
작

'〈이현경의 뮤직토피아〉도 다른 프로그램처럼 로고송이 있었으면 좋겠다.'

이건 나의 버킷리스트였다. 그래서 아침마다 반갑게 인사도 나누고 가끔은 샌드위치도 나눠주시는 김창완 아저씨에게 용기를 내어 언감생심 수고스러운 로고송까지는 말고, '여기는 이현경의 뮤직토피아입니다'라는 코멘트 녹음만이라도 좀 해줄 수 있을지 여쭤보았다.

김창완 아저씨는 스튜디오에 동그마니 놓여 있던 기타를 집어 들더니 몇 번 튜닝을 하고는 즉석에서 정겨운 선율을 튕기며 로고송과 코멘트를 한꺼번에 만들어주었다. 김창완 DJ의 생방송 시간이 코앞이었는데도 아랑곳하지 않고.

귀에 익숙한 명곡들, 마음이 따뜻해지는 책들, 연기인지 실제인지 모를 자연스러운 연기. 주변 사람들에게 들으니 그는 한 번도 정식으로 음악도, 글도, 연기도 배운 적이 없다고 한다. 그냥 그렇게 한 거란다. 그냥 그렇게 된 거란다. 천재가 아주 가까이에 있었다. 그래도 궁금했다. 어떻게 그리 할 수 있는지, 어떻게 그리 될 수 있는지. 그의 책을 읽다가 이 말에서 작은 힌트를 얻었다.

'우선은 내가 무엇이든 공감하는 것.'

조율이 안 된 기타도 쳐보면 그냥저냥 소리는 난다. 하지만 울림과 감동이 없는 소리일 것이다. 그래서 가장 아름다운 소리를 낼 수 있게 늘 기타를 치기 전 튜닝을 하는 것이다. 사람도 튜닝이 필요한 순간이 있다. 바로 주변과 소통할 때다. 주변에 아름다운 소리가 날 수 있도록 말이다.

그 순간에 가장 중요하게 생각하는 게 공감이라고 했다.

> 일상도 악기와 같습니다. 튜닝이 흐트러지지 않게 조율을 해야 합니다. 가장 아름다운 소리가 날 수 있도록 준비하는 거지요. 그 방법은 각자 나름이겠지만. 우선은 내가 무엇이든 공감하는 것입니다. 나도 기타 줄처럼 어느 것에든 반응하도록 모든 감각을 팽팽하게 조여서 맞춰놓고 있다면 삶이 아름다운 멜로디를 만들어내지 않을까요.(《안녕, 나의 모든 하루》, 김창완 지음, 박하, 28쪽)

사소함을 소중하게 헤아리는 마음이 노래가 되고, 소소함을 지나치지 못해 어여삐 여기는 마음이 책이 되고, 남모르는 아픔을 보듬는 마음이 메서드 연기가 된 게 아닐까.

말 것

때리지

꽃으로도

TV 채널을 무심히 돌리다가 재미있는 리서치에 시선이 고정됐다. '남자가 군대 가는 게 힘들까? 여자가 아이를 낳는 게 더 힘들까?' 하는 질문에 대해 답을 찾아 나선 것이다. 애초부터 어불성설인 화두이자 아주 오래돼 식상하기까지 한 논쟁이다. 대학 시절 과 선배들이 "몸 좋네. 네가 나 대신 군대 좀 가라" 같은 농담을 서슴없이 하던 시절에나 허

용되었을 법한 옥신각신이다.

그들이 선정한 인터뷰 대상자는 뜻밖에도 기혼의 여군이었다. 여군에게 답을 묻겠다는 발상 자체가 놀라웠고 어처구니가 없으면서도 어떤 대답이 나올지 자못 궁금해졌다. 출산 경험이 있는 직업 군인의 답은 이랬다.

"아휴, 아이가 워낙 예쁘니까 낳으라면 그때 힘들었던 거 잊어버리고 다시 낳겠는데, 지옥훈련 또 하라고 하면 못하겠어요."

두 가지 다 필히 겪어내야 하는 고통이지만 애초에 아이를 낳는 것과 훈련을 단순 비교하는 건 번지수가 달라도 한참 다르다. 애초부터 우문이었고, 역시나 개연성 없는 결론이었지만 그 가운데에서도 많은 것을 생각하게 했다. 이 이야기를 개인 SNS 계정에 출처를 밝히고 올렸다. 대부분은 나처럼 흥미롭다고 댓글을 남겼는데 딱 한 분만 이유 있는 정색을 했다.

"이런 이야기는 난임 부부에게는 상처가 됩니다. 이런 걸 함부로 유머의 소재로 삼지 말아주세요."

'아뿔싸!' 그 부분까지는 미처 생각지 못했다. 몇 년째 간절히 아이를 기다리는 사람들의 심정을 헤아리지 못하고 그저 말도 안 되는 소리라며 낄낄대고 있었던 것이다.

게다가 그 사실을 재미있다고 올리기까지 했으니……. 내가 너무 무신경하고 경솔했다. 미안한 마음을 담아 답변을 달았다.

'죄송합니다. 그 부분까지 미처 생각지 못했습니다. 앞으로 주의하겠습니다. 말씀해주지 않으셨다면 아마 평생 몰랐을 거예요. 내용은 바로 삭제하겠습니다. 진심으로 사과드립니다.'

그 후로 그분은 별 반응이 없으셨지만 그 침묵이 상처의 깊이를 조금이나마 짐작게 했다.

사실 내 사과는 90퍼센트만 진심이었다. 나도 당시 애타게 아이를 기다리고 있었기 때문이다. 같은 처지임을 밝힐까 하다가 자칫 더 큰 상처가 될 수도 있겠다 싶어 못다 한 10퍼센트의 본심은 내 마음속 괄호 안에 조용히 넣어두었다.

'저도 사실 아이를 간절히 기다리고 있어요. 그런데도 이러고 있네요. 그래서 더 미안합니다.'

꽃으로도 때리지 말라고 했는데, 사람들에게 수많은 상처를 받으면서도 나도 모르게 또 다른 사람들에게 상처를 입힌다. SNS에 무심코 올린 웃고 떠드는 모습, 좋은 옷 입고, 좋은 곳에 가서, 맛있는 음식을 먹은 사진이 어떤 사람에게는 꽃으로 맞는 아픔이 될 수 있다. 건강한 상태에서는 느끼지도 못할 수 있지만 몹시 예민해져 있고, 이미 많이 아픈 사람에게는 그마저도 상처가 될 수 있다. 그저 장난이었다고, 미처 몰랐다고 하는 변명이 부처님이 말씀하신 제2의 화살이 될 수 있음을 나도 자꾸 잊게 된다.

목소리이프로

낮은

소음을 뚫는

건

말하는 톤에 비해 노래를 할 때는 높은 음이 잘 올라가지 않는 편이다. 초등학교 6학년 음악시간, 선생님의 오르간에 맞춰 반 아이들이 모두 합창을 하고 있었다. 내 음역대로는 소화하기 어려운 곡이었다. 곡의 클라이맥스 부분이 가까워질수록 마음이 조마조마 했다. 드디어 클라이맥스! 있는 힘껏 고음을 내질렀다. 반 아이들은 포복절도했고, 담임 선생님마저 배꼽을 잡고 웃으시다 한마디 했다.

"아니, 웬 미친 소 한 마리가……."

어차피 합창이니까 안 올라갈 것 같으면 그 부분에서만이라도 입만 뻐끔뻐끔하며 다른 아이들에게 묻어 가면 되었을 것을 왜 굳이 나는 생목소리로 애써 고음에 다다르고자 했을까.

교실에서 아이들이 왁자지껄 시끄럽게 떠들 때 선생님이 아이들을 조용히 시키는 방법에는 크게 두 가지가 있다. 교탁이나 칠판을 내리치며 "조용, 조용!" 하고 더 크게 소리를 지르는 것과, 아이들이 눈치채고 바로 앉을 때까지 심각한 표정과 침묵으로 아이들을 가만히 응시하는 것.

요즘 교실의 분위기는 어떤지 잘 모르겠지만, 어린 나에게는 후자가 더 묘한 긴장감을 주어서 정신을 번쩍 차리게 했다. 그렇게 도떼기시장 같던 교실 안 소음이 선생님의 존재와 시선만으로도 잦아드는 경험은 제법 신비하기까지 했다. 불은 불이 아닌 물로 끄는 것처럼 소음에는 침묵이 특효다.

하지만 이런 생활의 지혜를 일상이 바쁘다는 이유로

잘 활용하지 못하고 있다. 다들 급한 마음에 불에는 맞불로 대응하는 경우가 훨씬 많다. 얼마 전까지만 해도 길에서, 도로 위에서 핏대를 세우며 자기주장만 옳다고 목청을 높이는 사람들을 종종 봤다. 서로의 인상이 험악해지고 분위기는 격앙됐다. 자칫 멱살에 삿대질이 이어져 지나가는 사람들의 눈살을 찌푸리게도 했다. 큰 불을 더 큰 불로 제압하려고 한 셈이다. 그 시절에는 목소리 큰 사람이 이겼지만 이제는 블랙박스나 CCTV가 증인을 서주는 사람이 이긴다.

TV나 라디오의 토론 프로그램에서 높고 큰 목소리로 상대의 발언을 가로채며 감정을 상하게 하는 건 여전하다. 시청자나 청취자 입장에서는 말을 많이 한 사람, 시간을 많이 차지한 사람보다는 끝까지 의연하게 제 페이스를 잃지 않은 사람의 손을 조용히 들어주게 된다. 인신공격을 받으면서도 미소를 잃지 않고 침착하게 대처하는 출연자에게서는 진정한 고수의 향기마저 느껴진다.

우리에겐 소음의 '위'로 소리치려는 강한 습관이 있다. 소음의 '아래'로 말했을 때 우리가 하는 이야기가 들린다는 것은 거의 불가능해 보인다. 목소리를

낮게 던지고, 그 목소리 톤을 유지하는 것은 어렵
다. 그러나 새로운 습관을 형성할 때까지 이 실험
을 지속한다면 매우 기쁜 변화를 경험하게 된다.

(《왜 스미스 여사는 내 신경을 긁을까?》, 애니 페이슨 콜 지음, 원성완 옮김, 책읽는귀족, 171쪽)

방송에서도 마찬가지다. 정규 방송 프로그램이 끝나자
마자 갑자기 튀어나온 광고방송의 큰 소리에 놀란 적이 많
을 것이다. 놀란 가슴은 이내 불쾌감으로 바뀌고, 정작 소
리 높여 외쳐대는 광고의 내용에는 귀를 닫고 얼른 볼륨을
낮추거나 채널을 돌리게 된다. 반대로 소리가 작아졌다면
어땠을까? 아마 무슨 말을 하고 있는지 궁금해서라도 볼
륨을 키웠을 것이다.

실제 소리에서도 낮은 음이 높은 음보다 더 멀리, 더 오
래 간다고 한다. 소음을 뚫고 관심을 집중시키는 건, 크게
들리기보다 오래 울리는 건 더 높고 시끄러운 소음이 아니
라 낮고 힘 있는 목소리다.

이겨낸 아이

시련을

우린 모두

처음 듣게 된 팟캐스트는 〈참나원〉이었다. 청취자의 사연을 읽고 진행자가 심리상담을 해주는 프로그램이다. 안타까운 사연들이 많았지만 그중에서도 한 사연이 유독 인상 깊었다. 자신의 아이디를 '희망'이라고 밝힌 내담자의 이야기였다.

그의 삶은 가슴이 미어질 정도로 순탄치 않았다. 어린

시절 무섭고 엄했던 아버지의 철저한 무관심, 자신의 존재 자체를 달갑지 않아 했던 새어머니와 배다른 형제의 누명에 속수무책으로 당할 수밖에 없었다는 그. 그때 자신의 편이 되어주는 건 오직 어린 자신뿐이었단다. 열한 살 때부터 스스로 돈을 벌어야 했던 그는 열여섯 살 때부터는 정신과 약을 먹기 시작했다. 하지만 우울증 약도 감기 약처럼 그때뿐이었다고 한다. 언제나 직업은 일정치 않았고, 사회생활과 대인관계가 원만하지 않아 3개월을 버티기 힘들었으며, 생활은 죽 엉망이었고, 술만 마시면 사고를 쳐서 아내의 속을 번번이 썩이고 있다고도 했다.

내담자의 이야기를 듣고 있자니 힘겹고 고단했던 삶, 자신을 무시하고 경멸하는 세상의 시선 속에서도 그에게 찾아온 한 줄기 빛은, 그의 옆을 든든히 지키고 있는 아내라는 생각이 들었다. 상담자들도 이 점에 주목했다.

"안정된 직장도 없이 여기저기를 떠도는 희망 님을 아내 분은 왜 한결같은 모습으로 붙잡아주고 있는 걸까요? 혹시 아무도 모르는 희망 님의 가치를 아내 분만큼은 알아본 게 아닐까요? 희망 님의 선한 마음을 보물처럼 알아봐 준 것 아닐까요?"

그리고 상담자는 자신이라는 보물을 좀 아끼라고 했다. 아내가 남편을 보물처럼 아끼듯 자신을 아껴야 한다고. 겸손이라는 이름으로 자학하지 말고, 화가 날 때는 화를 인정하고, 그때는 그때고 지금은 지금이라고 생각하며 과거의 나와 현재의 나를 구분 지어야 한다고도 했다. 어렸고, 무기력했던 내 감정을 먼저 인정해야 그 감정의 원인을 제공한 아버지와 새어머니 역시 그땐 그랬을 수도 있다고 생각할 수 있게 된다. '세상에 복수할 거야, 본때를 보여줄 거야' 하며 오기로 사는 건 결국 한계가 온다. 내 몸과 마음만 피폐해지는 것이다.

믿어주는 사람, 편 들어주는 사람도 아무도 없이 누명을 쓰고 궁지에 몰렸던 아홉 살의 희망 님은 얼마나 외롭고 서럽고 두려웠을까? "내 편은 나밖에 없었어요"라고 웃으며 이야기하는 희망 님의 목소리가 조용히 가슴을 울렸다.

개인의 삶이 사회나 집단으로부터 소외될 때 그 외로움은 이루 말할 수 없다. 하지만 어쩌겠는가. 삶자체가 고독한 것을(…) 그래도 우리는 알고 있지 않은가, 어쨌든 삶은 계속되어야 한다는 것을. 마치 아무 일도 없었다는 듯이, 외로움의 늪에서 뚜벅뚜

여전히 삶은 뜻대로 되지 않고 아직도 제대로 된 직업이 없어 아내가 곁을 떠나기라도 할까 봐 전전긍긍하는 희망 님. 희망 님 안의 어린아이가 조금씩 상처를 닦아내고 자신에 대한 신뢰와 자존감을 회복할 수 있기를 바란다. 당신은 그 많은 시련 속에서도 '희망'을 꼭 부여잡고 놓지 않았던 강단 있는 아이였으니까. 시간이 좀 걸릴지라도 마침내 세상 속으로 뚜벅뚜벅 걸어 나올 수 있으리라 믿는다.

있어줘서 곁에 고마워,

결혼 13년 만에 첫둥이이자 늦둥이로 만난 아이. 심장소리 한번 제대로 못 듣고 10주 만에 앞서 보낸 태아에 대한 기억 때문인지, 지금의 아이가 배 속에 있을 때 겪었던 교통사고 때문인지, 그저 아이가 무사히 태어나 건강하게 자라주는 것만으로도 기쁘고 행복했다. 그런 아이가 영아에서 유아가 되고, 이제 더 이상 지하철을 무상으로 탈 수 없는 나이가 되다 보니, 자꾸만 욕심이 생긴다.

심장소리만 들어도 안도의 한숨을 내쉬었는데, 밥만 잘 먹고 잠만 잘 자도 예뻤는데, 트림에 방귀에 황금 똥까지 온갖 생리현상들이 마냥 신기하기만 했었는데, 조잘조잘 한두 마디만 내뱉어도 한없이 놀라웠는데 그때의 초심을 자꾸 잊는다.

3 더하기 4가 8이 아니라 7이라는 걸 너무 늦지 않게 알았으면 좋겠고, 제 이름 석 자 정도는 스스로 쓸 수 있었으면 좋겠다(다른 아이들처럼 그렇게). 책상을 다이빙대로 쓰지 말고 의자에 잠깐이라도 똑바로 앉는 모습을 보여주면 좋겠고, 썩고 있는 전자피아노의 '도' 건반이 어디에 있는지만이라도 좀 알았으면 좋겠다. 졸라맨만 그리지 말고 붓으로 색칠도 좀 했으면 좋겠고(이러다 학교 진도도 못 따라가면 어쩌지), 엄마의 클렌징 오일을 화장실 바닥에 흩뿌려 놓지 좀 않았으면 좋겠고, 회사 갈 때 온갖 작전 동원해서 살금살금 빠져나가는 대신 문 앞에서 손 흔들며 웃으며 인사해주면 좋겠다(다른 집 좀 봐라, 제발). 대중교통 이용할 때 너무 큰 소리로 떠들지 않았으면 좋겠고, 사람 많은 곳에서 제발 엄마 나이를 묻지 않았으면 좋겠다(너 때문에 창피하단 말이야). 방과 후 축구 수업할 때 뛰지만 말고, 공 한번 차봤으면 좋겠고,

2년 가까이 유치원에서 배운 수영 이제는 '음파'라도 좀 했으면 좋겠다(할 것만 집중해, 두리번거리지 말고). 1년 가까이 체육시간에 배운 인라인 스케이트도 걷지만 말고 슬슬 속도를 냈으면 좋겠고(참가에 의의를 둔다지만 대회 나가서 세 명 중에 3등), 과자만 먹지 말고 김과 멸치볶음도 좀 먹었으면 좋겠다(맨밥만 먹던 시절을 생각하면 그래도 양반이다).

바라는 건 끝이 없다. 욕심 부리면 안 되는데 그저 건강하게 엄마를 만나러 와준 것만 해도 고마운데. 존재 자체로 존재 이유가 되고, 존재의 목적이 되고, 존재할 가치가 있는 건데. 살아가는 것 자체가 기적인데.

세상에 없을 뻔한 아이가 정말로 없었다면 어땠을까. 아이와 함께하는 평범한 하루가 얼마나 소중한지 자꾸 잊으려 한다. 바라지 말고 해주자. 바라는 만큼 차라리 더 해주자. 점점 잊게 되니 써놓고 들여다보며 상기하고, 계속 다짐해야겠다.

"항상 내 옆에서 심장 뛰는 소리만 들려줘. 그냥 그대로 고마워. 그냥 그것만으로도 감사해."

그래도 초등학교 졸업 전에 덧셈뺄셈은 하겠지, 설마 한글은 떼겠지?

잘
해
도

들
기
만

유독 이야기할 맛이 나는 사람들이 있다. 그 사람과 만나면
생각지도 못한 이야기들을 신나게 늘어놓게 된다. 바로 잘
들어주는 사람이다. 특히 나 지금 아주 잘 듣고 있어, 나도
너의 말에 공감해, 라는 의미로 고개를 잘 끄덕여주는 사람
이다. 아무리 말을 잘하는 사람이라도 듣는 사람이 시큰둥
하면 자주 하던 이야기인데도 말이 툭 끊어져버린다. '내

얘기가 재미 없나?', '내 이야기를 듣고 있긴 한 건가?' 하는 생각들이 머릿속에 침투해 정신을 산란하게 하기 때문이다. 그래서 '끄덕임'은 말하는 사람에게 호감을 얻는 요술방망이라고도 한다. 그런데 사실은 그보다 더한 마법도 부린다. 그게 뭔지 설명하려면 이야기가 좀 길다.

뉴스 앵커 오디션을 볼 때마다 항상 드는 의문이 있었다. 똑같은 원고로 똑같은 뉴스 내용을 정해진 순서대로 이야기하는데, 왜 누구의 이야기는 더 신뢰감이 가고, 왜 누구의 이야기는 더 주목을 끌까?

어느 정도 기본기를 갖추어 입사를 했고, 이미 준비된 사람들이다. 조사 하나 틀리지 않고 똑같은 말을 해야 하는 오디션 상황인데도 전하는 메시지의 느낌이 전달하는 사람에 따라 약간씩 다르다는 사실이 늘 궁금증으로 남았다.

물론 잘하고 못하고를 굳이 따진다면 당연히 선배들의 농익은 전달력은 후배들의 그것과 비교할 수 없을 것이다. 하지만 선배들에게 그만큼의 세월을 디스카운트(-)하고, 후배들에게 가능성이라는 프리미엄(+)을 붙여 앵커 오디션의 결과도 여느 오디션 프로그램의 결과와 별반 다를 바는 없었다.

나는 인생의 암흑기에 그래도 주저앉아 있을 수는 없다며 주말마다 대학원 박사과정에 다니고 있었다. 앞서 주간 박사과정을 회사의 배려를 전제로, 석사과정을 마친 곳으로 지원했지만 면접 때 늦게까지 남아 연구를 빙자한 심부름을 할 수 있겠느냐는 교수님의 물음에 제대로 대답할 수 없었다. "이래서 여자는 잘 뽑지 않아" 하시며 고개를 뻣뻣이 세우시던 교수님은 나중에 ARS 목소리를 빌려 불합격 통보를 했다.

　그 당시 옴부즈맨 프로그램을 같이 진행하던 교수님께 그 문제를 상의했다. 직장인들을 위해 주말에 수업을 몰아서 하는 학교가 있다고 알려주셨다. 눈이 번쩍 떠졌다. 학교는 좀 멀었지만 동급생도 세 명 있었고 심지어 내가 막내였다. 다시 학생이 된 기분을 만끽하며 교정을 누볐다. 한 학기가 지나 중후한 신입생들이 더 들어왔고 수업은 한층 활기를 띠었다.

　공부에 매진하니 덕분에 근심이 덜해지며 시간도 빨리 흘렀다. 어느덧 공포의 논문 학기가 다가왔다. 연구 주제를 정하고 교수님과 학생들 앞에서 발표를 해야 했다. 내 딴에는 막연하지만 오래 품었던 의문인 '왜 누구의 이야기는 더 신뢰감이 갈까?'를 주제로 삼았는데 사람들의 반응은 회의적이었다.

같은 내용이라도 누가 메시지를 전달하는가에 따라 다른 수용자의 반응 정도를 측정하기에는 뉴스 앵커의 움직임이 너무 제한적이라는 것이었다. 지금이야 서서도 진행하지만 그때만 해도 기껏 보이는 건 바스트 샷에 거의 움직임 없는 자세, 한정된 표정과 제스처, 전형적인 뉴스 톤의 딱딱한 말투가 전부였으니 막말로 '건질 게 없다'는 이유였다.

다행히 지도교수님은 '비언어커뮤니케이션' 쪽으로 명망이 높으신 분이었고, 느낌이 다른 두 앵커의 뉴스 장면을 비교하고 측정하면 가능할 것도 같다고 하셨다. 또한 연구를 제스처 등 '비언어'에만 한정하지 말고 목소리까지 '유사언어'의 범주로 넣어서 실험하면 결과가 빈약해지지는 않을 거라고 다른 교수님들을 설득해주신 덕에 가까스로 오케이 사인을 받았다.

논문을 쓰는 과정은 지루하고 혹독했다. 초반에는 악몽까지 꿨다. 꿈에서도 사람들의 못미더운 반응에 "이걸로는 안 돼, 이걸로 쓰지 마!" 소리를 지르면서 깼다. 운 좋게도 여러 사람의 도움과 배려 덕에 마침내 결과를 내고 완성하게 됐다. 처음에 연구를 반대했던 교수님들은 나중에 무척 흡족해하시며 더 늦기 전에 학교로 오라고 권하기까지 하셨다. 연구를 바탕으로 여기저기 '그녀를 돋보이게 하는 커뮤니케이션 스킬', '바람직한 비언어커뮤니케이션' 등을 주제로 강의 다니는 재미도 쏠쏠했다. 지금 생각하면 뭘 얼마나 안다고 그랬나 싶다.

뉴스 앵커를 대상으로 한 논문의 결론은 이러했다. 누가 말하느냐에 따라 내용의 수용 정도는 다르다. 이를 화자의 공신력credibility이라고 하며, 이는 전문성, 신뢰성, 역동성 등 세 개 차원으로 구분한다. 이 중 자격과 숙련도, 비범함, 능력 등을 높이 사는 서양과 달리, 우리는 안정감, 친밀감, 적극성과 대담함을 중시한다. 소위 '차가운 도시 남자'보다는 '투박한 뚝배기 같은 남자' 앵커 몇 분이 떠오르는 대목이다. 다만 2000년대 중후반에 나온 결론이라 지금과는 다소 차이가 있을 수 있다.

표정, 제스처, 응시, 손동작, 고갯짓 등을 비롯한 신체 행위, 목소리의 크기, 속도, 음색, 발음의 정확성 등으로 세분화한 유사언어, 외모, 헤어스타일, 옷차림으로 구분한 신체적 외양에 관한 결과도 도출했다. 어찌 보면 당연한 이야기이지만 이 중 내 말이 상대에게 믿음을 줄 수 있는 가장 중요한 요소는 '자연스러운 표정'이었다. 여기서 자연스럽다는 말의 의미는 과장되지도 경직되지도 않은 적당하고 온화한 표정을 말한다.

그럼 이제 '끄덕끄덕'이 주는 놀라운 힘에 대해 이야기해보자. 들으면서 하는 '끄덕끄덕'과 말하면서 하는 '끄덕끄덕'에는 차이가 있다. 말하면서 하는 '끄덕끄덕'은 "내 말에 동의하지? 동의한다고 말해. 동의하게 될 거야, 거야, 거야……"처럼 마법을 부린다.

여러 통계를 통해 말하는 사람의 어쩌다 끄덕거리는 고갯짓은 상대방에게 신뢰를 준다는 의외의 소득을 얻었다. 왜 그런지 원인까지는 밝히지 못했지만 아마도 말하는 사람이 고개를 끄덕이면 소위 '미러링 효과(나도 모르게 상대방을 따라하며 동조하게 되는 효과)'에 의해 듣는 사람도 무의식적으로 고개를 끄덕이며 "믿습니다!"를 외치게 되는 게 아닐까 싶다.

물론 거짓 없는 마음, 자연스러운 표정, 상대방을 쳐다보는 그윽한 눈빛이 같이 도와주어야 효력을 발휘하는 요술방망이다.

우선

이만남이

지금은

《라포》의 저자 마이크 아길레라는 라포를 한마디로 '마음을 기꺼이 열 수 있을 정도의 교감'이라고 정의한다. 소속 욕구와 친교 욕구가 강한 사람들이 느끼는 인간관계의 가장 큰 불만은 '딴생각 말고, 내 이야기를 들어줘!'라고 한다. 불만이란 역으로 말하면 원하는 부분이기도 하다. 가장 큰 불만은 결국 가장 바라는 것일 텐데, 그렇게 상대방에게는 가장 바라는 걸 나는 상대방에게 얼마나 잘해주고 있을까.

> 휴대전화와 블루투스 장치가 일상을 지배하는 세상이다. 이런 시대일수록 사람을 만날 때는 플러그를 뽑고 현재에 집중해야 한다. 지금 이 순간 당신과의 만남에 집중한다는 메시지부터 전해야 라포 형성의 문을 열 수가 있다. (《라포》, 마이크 아길레라 지음, 안진환 옮김, 스노우폭스북스, 98쪽)

딴전 피우지 않고 내게 집중하는지 아닌지는 대개 눈으로 알 수 있다. 그런데 아쉽게도 요즘은 사람들과 제대로 눈 마주치기가 어렵다. 인사를 나누는 짧은 순간에도 우리는 끝까지 눈을 마주치지 않는다. 보고 있던 컴퓨터 화면으로 재빨리 시선을 거둔다거나 보고 있던 화면에서 아예 눈을 떼지 않은 채 건성으로 대답만 하는 경우도 있다.

카페에 마주 앉아 수다를 떨면서도 눈은 휴대전화를 보고 있다. 만약 세 명 이상의 모임이면 더욱 안심하고 대화에서 홀연히 빠져나와 대놓고 누군가에게 메시지를 보내기 일쑤다. 굳이 휴대전화 핑계를 대지 않더라도 감정 상태에 따라 눈 맞춤 시간이 다를 수 있다. 친밀한 관계일수록 서로를 응시하는 시간이 조금 더 길어짐을 우리는 경험적으로 안다.

서먹했던 후배에게 밥 한 끼라도 사주면 다음 날 얼굴을 디밀어 인사하기도 한다. 어색함이 어색해서 술에 의존한 밤에는 마주 보며 서로 어깨동무까지 한다. 연인끼리는, 그리고 엄마와 아기는 상대방의 눈 속에서 자기 모습을 본다. 그런가 하면 성격상 쑥스러워서 눈을 잘 못 마주치는 사람도 있다.

그렇다면 대화 중에 어느 정도 눈을 마주치는 것이 적절할까? 연구에 따르면 대화를 나눈 시간의 50~75퍼센트는 눈을 마주쳐야 서로 어색함이나 불편함을 느끼지 않는다고 한다.(72쪽) 그리고 시선을 거둘 때는 반드시 아래나 옆으로 돌려야 한다. 조금이라도 위로 시선을 올려서는 안 되는데, 시선을 떼면서 위를 쳐다보는 것은 듣는 내용이 마땅치 않다거나 딴생각을 한다는 느낌을 주기 때문이란다.(73쪽)

이런 비언어커뮤니케이션을 주제로 한 논문을 쓰면서 느꼈던 것도 결국은 무엇을 말하느냐보다 어떻게 말하느냐가, 어떻게 말하느냐보다 얼마나 진심인가가 중요했다.

정말 그 사람에게 호감이 있고, 관심이 있다면, 앞의 연구 결과들을 애써 상기할 필요는 없을 듯하다. 자연스레 그렇게 될 테니까. 하지만 비호감이라거나 관심 없는 사람과의 대화라 할지라도 예의는 필요하다. 인간에 대한 예의 말이다.

앞으로 누군가와 만나 대화를 나눌 때는 적어도 그 시간의 절반은 그 사람을 쳐다보고, 휴대전화는 잠시 무음으로 해두자. 그리고 지금 이 순간 그 사람과의 만남에 오롯이 집중하자.

부스러기

소중한

작고

스위스에 살던 한 남자가 우리나라의 자연에 반해 눌러앉게 됐다. 그가 반한 건 벼들이 익어 고개를 숙인 논 위로 가을 햇살이 찬란하게 쏟아지는 풍경이었다. 우리에게는 흔한 시골 농촌의 풍경이자, 차로 한두 시간만 달리면 어디에나 널려 있는 풍경인데 그 모습에 감명을 받았다니 의외다. 다른 데도 아닌 스위스 사람이 말이다. 전원적이고 목

가적인, 평화로운 자연과 아담한 집이 어우러진 멋진 풍경을 우리는 한마디로 '그림 같다'라고 한다. 워낙 그림 같아서 찍기만 해도 화보가 되고, 엽서가 되는 대표적인 곳이 바로 스위스 아니었던가. 나태주 시인이 초대받아 간 집에서 들었다는 집주인의 동서 이야기다.

TV에서 해주는 여행 프로그램을 가끔 본다. 해외 여행지도 많지만 한국 여행지들도 많이 소개하는데, 보다 보면 새삼스럽게 느껴질 때가 있다. '우리나라에 저런 곳이 있었나?', '우리나라가 저렇게 아름다웠나?' 하면서 굳이 해외 여행 갈 필요 없이 전국 방방곡곡 유람하는 재미도 쏠쏠하겠구나 싶다.

지방으로 멀리 갈 것도 없이 근처 동네도 괜찮다. 산책 삼아 천천히 돌아보다 보면 작은 골목 한구석에 자리 잡은 마카롱 가게, 어느새 새로 문을 연 아기자기한 작은 카페가 수줍게 늘어서 있다. 늘 똑같은 풍경인 줄 알았는데 막상 들여다보면 그렇지만은 않아 새삼스럽다.

듬성듬성 놓인 집 근처 가로수에는 봄에는 벚꽃이 흐드러지게 피고, 여름엔 잎이 울창하게 푸르렀다가, 가을엔 울긋불긋 단풍 물이 든다. 계절의 변화에 따라 옷을 갈아입으며 정원도 되었다가 쉼터도 되어준다. 시시각각 모습을 바꾸는 자연이 불현듯 눈에 들어올 때면 '와! 벌써 가을이구나!' 하며 해마다 보는 경치인데도 경이롭게 느껴진다.

> 주변에 널려 있는 사소한 것들을 사랑하는 마음이고 평범한 이웃을 사랑하고 아끼는 마음이다. 이러한 마음일 때 우리의 하루하루는 다시 태어난 듯 아름답고도 신선하게 우리를 맞아주지 않을까.(《오늘도 네가 있어 마음속 꽃밭이다》, 나태주 지음, 열림원, 195~196쪽)

스위스 청년이 그랬던 것처럼 평범한 일상이 어떤 이에게는 인생을 송두리째 바꿀 감동으로 다가오기도 한다. 주변의 소소한 것들을 따뜻한 눈빛으로 찬찬히 살피지 않았다면 아마 불가능한 일이었을 것이다. 〈풀꽃〉이라는 시의 마지막 문장, 나태주 시인 자신도 신의 한수였다고 인정한 '너도 그렇다'도 주변의 사소한 것들을 함부로 하지 않고 어여쁘게 여겼던 시인의 '가난한 마음' 덕분이었을 것이다. 일상이 새롭고 새삼스럽게 여겨지는 순간, 작고 소중한 부스러기를 놓치지 말아야겠다.

인사
사람들에게 건네는
이름 모를

아파트 단지 주변을 하루가 멀다고 한 바퀴씩 도는 할아버지가 계시다. 거동이 불편하신지 보조기에 의지한 채 묵묵히 한 걸음 한 걸음 힘겹게 걸음을 떼신다. 그 모습을 볼 때마다 몇 년 전 돌아가신 아빠 생각이 난다. '몸이 다소 불편하시더라도 살아만 계시다면 얼마나 좋을까' 생각하며 나도 모르게 할아버지를 물끄러미 바라보게 된다. 난 그게 다다. '혹시라도 내가 동정 어린 시선을 보낸다고 생각하시면 어떡해', '기분 나쁘시거나 불편해하실 수도 있고'라는 괜한 걱정을 앞세우며 어쩌다 마주치면 가벼운 목례 정도만 한다. 하지만 할아버지는 아마 내가 인사를 했다는 것조차 모르실 거다.

그런데 할아버지를 볼 때마다 밝고 환한 얼굴로 "안녕하세요?" 하고 꼬박꼬박 인사하는 아이가 있다. 그 아이가 인사할 때마다 할아버지도 굳게 다문 입술을 열고 평소에는 볼 수 없었던 미소로 고개까지 끄덕이며 화답하신다.

"으응, 그래."

그 아이는 집에서는 말썽꾸러기고, 평소에는 무척 수다스럽지만, 수업시간에는 과묵해지는, 그러나 인사 하나만큼은 잘한다고 모두가 인정하는 바로 우리 집 아이다.

아이가 유치원에 다닐 때는 출퇴근하기 바쁘다는 이유로 매일 친정엄마가 나 대신 유치원 버스가 오는 아파트 정문까지 아이를 데려다줬다. 그러다 한번은 모처럼 쉬는 날이라 아이 손을 잡고 아파트 정문으로 가다가 그 할아버지를 만났다. 아이가 익숙한 듯 큰 소리로 인사를 하기에 나도 아이를 따라 처음으로 소리 내 인사를 했다.

알고 보니 아이는 비단 그 할아버지에게만 정답게 인사

하는 것이 아니었다. 같은 엘리베이터에 탄 사람들, 지나가는 아주머니, 다른 셔틀버스를 기다리는 사람들 등등 만나는 사람들 모두에게 공평하고도 스스럼없이 인사를 한다. 인사만으로 그치는 게 아니라 아무도 묻지 않은 당일 유치원 일정을 조잘조잘 이야기하거나 사람들에게 어디를 가는지, 뭘 타고 갈 건지 시시콜콜 캐묻기도 한다. 귀찮고 당황스러울 법도 하지만 그런 아이의 반응에 다들 유쾌한 웃음을 지어 보였다. 궁금해한 적도 없는 정보이거나 예상치 못한 질문이었어도 말이다.

사실 따지고 보면 나는 아이가 태어나기 전부터 그곳에 살았으니 정작 그 아파트에 오래 산 건 나다. 그런데 그런 나보다 아이가 훨씬 알고 지내는 사람이 많다. '입주민들과 인사 나눕시다'라는 표어가 무색하게 휴대전화만 들여다보고 있는 나와 달리, 짧지만 더딘 엘리베이터 안에서의 시간을 일곱 살짜리 아이가 화기애애하게 만들고 있었다. 어른이자 엄마이면서도 몸소 본을 보여주지 못하고 있는 처지라 아마 나를 닮은 건 아닐 것이다. 짐작건대 유치원 선생님이나 함께 사는 외할머니 덕분이었던 듯하다.

물론 아이가 이렇게나 적극적으로 인사하는 이유는 누가 시켜서는 아니다. 아이는 그저 오가며 마주치는 사람들이 신기하고 반가운 것이다. 몇 층 몇 호에서 왔고, 어디로 어떻게 갈 건지, 나이는 몇 살이고, 집에 자기 또래의 아이는 있는지 등등 진심으로 궁금해하는 것들을 물었다. 너무 뻔해서 단조롭고 지루하게 느껴지는 다른 이의 일상에 대해 묻고 눈을 반짝이며 대답을 기다렸다. 그런 아이 옆에서 나도 조금씩 쭈뼛쭈뼛 이웃들의 안부를 묻기 시작했다. 아이를 통해 거저 얻게 된 선물이다.

아이에게는 매일 주변을 한 바퀴씩 돌며 자가 재활 치료를 하시는 할아버지의 불편한 거동이나 보조기도 별스럽게 느껴지지 않는 것 같다. 아이는 내게 한 번도 그것에 관해서는 물어본 적이 없으니까. 그냥 자주 보는 같은 아파트 할아버지가 반가울 뿐이었다.

다른 어른들처럼 불편한 시선을 주지 않은 채 순수하게 당신을 반기는 아이의 인사가 할아버지께 삶의 작은 의미가 되어주면 좋겠다는 생각을 해본다. 아이를 만나는 잠깐의 시간이 기쁨이 되어 오늘도 조금은 고단하지만 불편한 몸을 이끌고 나서는 이유가 되어줄 수 있다면 더 바랄 것이 없겠다. 뭐 꼭 굳이 그런 정도의 소중한 의미가 될 수 없을지라도, 할아버지의 건강이 천천히 좋아지기를, 그래서 아이와 함께 오래오래 인사 나눌 수 있기를 바라본다.

살아남기 무탈하게

주말에 마스크를 쓰고 마트에 갔다. 소강상태를 보이던 2주 전과 달리, 코로나19 확진자가 급속히 퍼지고 사망자까지 생겨 마트 안에서 장을 보는 사람들은 너나 할 것 없이 모두 마스크를 쓰고 있었다. 다소 긴장한 상태로 휴대용 손소독제까지 챙긴 엄마와 달리 아이는 무척 신이 났다. 그토록 키우고 싶어 했던 애완 새우를 사러 가기로 한 날이기 때문이다.

초등학교 입학 전 글씨 쓰기 연습을 하면 도장을 찍는 칸이 그려진 종이에 '참 잘했어요!' 도장 대신 새우 그림을 그려주었다. 한 칸에 한 마리씩 그린 새우는 애완 새우 한 마리를 의미한다. 연필 쥐는 것조차 쉽지 않은 아이에게 새우 그림 하나당 새우 한 마리를 사주겠다는 약속은 비록 쓴다기보다는 그린다에 가까운 괴발개발 글씨였지만 그럭저럭 효과를 발휘했다.

입구에 들어서자마자 아이는 애완 동물 코너로 직진해 갔다. 손톱만 한 새우들은 자세히 들여다보아야 사랑스러운 존재였고, 아이는 좀 더 잘 보기 위해 고개를 숙이고 엉덩이를 뒤로 뺐다. 그때 옆을 스쳐 지나가던 한 할머니가 아이의 엉덩이에 몸이 닿을 듯하자 자지러지듯 손을 가로저었다. 일회용 비닐장갑을 끼고 있는 손이었다.

물론 그 할머니는 아이가 코로나19 때문에 몇 주간 집에만 있다가 모처럼 마실 나온 사정을 알 리가 없었을 것이다. 상황이 상황인지라 모두가 예민해져 있는 때였으니까 이해 못할 바는 아니었지만 행여 아이의 옷깃이 조금이라도 닿을세라 노심초사하며 부르르 떨기까지 했던 할머니를 보니 새삼 사회가 점점 더 삭막해지고 있는 것 같아

쓸쓸한 기분이 됐다. 아무래도 할머니가 아이보다는 훨씬 더 여러 곳을 다니셨을 텐데.

이런 할머니 마음, 엄마 마음을 알 리 없는 아이는 오로지 새우에만 정신이 팔려 있었다. 그리고 체리 새우 세 마리와 노란 새우 세 마리, 그리고 생이 새우 두 마리를 골라 비닐에 담았다. 옆 어항에 있는 민물가재는 합사가 불가능해 다음에 따로 사기로 했다. 아이는 기뻐서 방방 뛰었고, 옆에 있던 모르는 아이에게 자랑하기 시작했다.

"안녕? 나 오늘 새우 샀다. 어항에 넣어서 키울 거야."

순간 옆에 있던 아이 아빠의 동공이 흔들렸다. 우리 아이가 자신의 아이에게 너무 가까이 다가가 말을 건넸기 때문이다. 물론 두 아이 모두 마스크를 쓰고 있었다. 아빠가 얼른 자기 아이를 안아서는 자리를 피했다.

사람이 사람을 무서워하고, 두려워해서 피하게 되는 일, 누군가 다가오는 것조차 혐오스러워 슬금슬금 그 자리를 뜨게 되는 일, 낯선 어른이 다가와 말을 걸면 긴장하던 아이들이, 이제는 낯선 또래가 다가와 말을 걸어도 줄행랑을 쳐야 하는 상황이 됐다. 아이에게 모르는 사람에게는 말을 걸지 말라고 이야기했어야 했나. 아마 반대의 입장이었다면 나도 똑같이 했을 것 같다.

나는 모두에게 살아 있는 것만으로도 기특한 사람
이었다. 그것을 깨닫기까지 너무 오랜 시간이 걸렸
다. 이전에 나는 내 상처와 지쳐 있는 마음이 눈에
잘 보이지 않아 내가 아픈 것을 자주 잊었다. 하지
만 내가 아프다는 것을 인정하고 살아 있는 게 기특
하다는 것을 알게 된 지금은 다르다. 금방은 아니겠
지만 언젠간 나도 이 아픔을 치료할 수 있고 더 나
아가 나을 수 있다는 희망이 생겼다.(《우리 모두는 살아 있는

게 기특한 사람》, 김나울 지음, 위즈덤하우스, 158쪽)

코로나19가 장기화되고 있다. 가을에 2차 유행이 올 거
라는 기사를 보았다. 당분간 마트는 피해야 할 것 같다. 아
이든 어른이든 너나 할 것 없이 자신도 모르게 남에게 실
례를 하거나 피해를 줄 수 있을 것 같아서다. 아이의 무심
한 접근에도 깜짝 놀라는 할머니, 반가워 건네는 몇 마디
에 황급히 자리를 피하는 아빠와 아이가 내 모습이 될 수
도 있는 건 물론이다. 지금은 서로 조심해야 할 상황인 것
도 분명하다. 하지만 아직 해맑은 도화지 같은 아이가 이
런 게 사회이고, 사람 사이의 관계라고 생각해버리진 않을
까 걱정이 되는 것 역시 사실이다. 잠깐 서로 조심해야 하

는 거라고 말은 해줄 수 있을 것이다. 하지만 이제 초등학교에 들어가 세상으로의 첫발을 내딛는 아이가 받을 세상에 대한 첫인상이 지금과 같은 경계나 불신은 아니었으면 좋겠다는 건 엄마의 과도한 욕심일까.

문득 오스카 4관왕을 휩쓴 영화 〈기생충〉이 떠오른다. 다른 사람이야 어찌 되든 상관없이 자신의 아들만 챙기며 코를 틀어막는 박 사장, 우한의 어느 마트에서 하나 남은 마스크를 서로 사겠다며 드잡이를 하던 영상이 어쩌면 강 건너 불구경이 아닐 수도 있겠다는 공포감도 생긴다. 일단은 작전 수행하듯 비장하게 생필품을 사러 나가는 오프라인 장보기를 온라인 배송으로 대신하며 무사히 살아남아야겠다는 생각이다. 사람이 다시 바이러스가 아닌 온전한 사람으로 보일 때까지는 시간이 꽤 필요할 것 같다.

그때까지 우리 모두 무탈하게 지내는 것만으로 충분히 기특해해야 한다. 우선은 자신을 위해서, 그리고 앞으로 나와 마주칠 무수한 남들을 위해서. 그렇게 무탈하게 그 자리에 존재하고 있다면, 그것만으로도 나란 존재의 이유는 충분하니까.

감사의
말

잘되라고 직언한 인생 선배들의 조언에 꽁하고 꿍해서 씩
씩대며 썼습니다. 말로 해명하지 못해 글로 변명했습니다.

써놓고 보니 그때 미처 몰랐던 걸 지금도 여전히 모르
고 있더라고요. 글에는 치유의 힘이 있다더니 끄적거리면
서, 불만 많던 '앵그리 버드'가 종알종알 지저귀는 '트위티'
로 변해가는 걸 느낍니다.

뒤늦게 아이를 낳고 아빠가 돌아가신 6개월 동안 집안
에 생로병사 관혼상재(관은 빼고요)가 폭풍처럼 몰아쳤습니
다. 터진 둑 막기 바빠 정신 없던 네덜란드 소년처럼 위기
상황이 연달아 달려드니 그 흔한 팔자타령 할 시간도 없
었더라고요.

뒤돌아보니 원망과 자책보다는 미안함과 고마운 마음
이 더 큽니다. '내가 더 현명했더라면 좋았을 텐데, 좋은 건
데 좋은 걸 모르고, 고마운 건데 고마운 줄 모르고, 미안해

해야 하는 건데 미안한 줄 모르고, 내가 못되고 나빠서가 아니라 참으로 어리석었구나.' 싶습니다.

아무리 작고 사소한 존재라도 태어난 이유와 살아갈 목적이 있음을 알게 해준 여러 책과 책의 저자들께 감사합니다.

홀로 존재할 수 없음을, 지지고 볶더라도 함께 어울려 살아가는 것임을 조용히 일깨워준 가족과, 팀장님을 비롯한 동료 여러분께 감사 드립니다.

깊은 절망의 순간에도 반등의 힘을 믿게 긍정의 유전자를 물려주신 아빠에게 감사합니다.

투병 중인 아빠에게 목숨 같은 피를 나누어주신 많은 분들께 진심으로 감사합니다.

그리고 착오와 실수투성이 제 삶을 여기까지 함께 동행해주신 독자 여러분 고맙습니다.

아무것도
아닌
기분

1판 1쇄 인쇄 2020년 7월 10일
1판 1쇄 발행 2020년 7월 20일

지은이 이현경

발행인 정욱
편집인 황민호
본부장 박정훈
책임편집 한지은
마케팅 조안나 이유진
국제판권 이주은
제작 심상운

발행처 대원씨아이㈜
주소 서울특별시 용산구 한강대로15길 9-12
전화 (02)2071-2094
팩스 (02)749-2105
등록 제3-563호
등록일자 1992년 5월 11일

© 이현경 2020

ISBN 979-11-362-4212-9 03810